主编 袁炳发

分册主编 孟广丽 石岩 陈小明

成功卷
走投无路时，向上走

Success

中国实力派美文金典

北方妇女儿童出版社

图书在版编目（CIP）数据

走投无路时，向上走 / 袁炳发主编. -- 长春：北
方妇女儿童出版社, 2012.12
（中国实力派美文金典）
ISBN 978-7-5385-6951-3

Ⅰ.①走… Ⅱ.①袁… Ⅲ.①散文集－中国－当代
Ⅳ.①I267

中国版本图书馆CIP数据核字(2012)第244408号

走投无路时，向上走：成功卷

主　　编　袁炳发
出 版 人　李文学
责任编辑　冯晓红　徐　铮
封面设计　未　氓
开　　本　700mm×1000mm　1/16
字　　数　90千字
印　　张　12
版　　次　2013年1月第1版
印　　次　2013年6月第2次印刷

出　　版　吉林出版集团
　　　　　北方妇女儿童出版社
发　　行　北方妇女儿童出版社
地　　址　长春市人民大街4646号
邮　　编　130021
电　　话　0431-85640624
网　　址　www.bfes.cn
印　　刷　长春市利源彩印有限公司

ISBN 978-7-5385-6951-3　　　　　　定价：25.00元

目录

真正的必然在自己

听了园艺师的话，井植岁男没有说什么，只是笑了笑，自顾忙自己的事情去了。

——井植岁男的态度很明确，要创业，必须有胆量，否则，再好的机会也会从你身边溜走。

真正的必然在自己！

真正的必然在自己

文 / 于德北

井植岁男是日本三洋电器株式会社的创始人，是世界著名的大企业家之一。许多了解他的人都说，他是一个幸运儿，既有良好的家庭背景，又有松下幸之助这样的姐夫，他的成功不是偶然，而是必然。

我想，说这话的人并不真正了解井植岁男。

1943 年，日本正处于战时体制下，井植岁男因为精通船体构造，接受海军邀请担任刚成立的松下造船公司的社长，负责指挥木制船只的建造。在高松宫宣仁亲王莅临首只木船进水典礼时，发生了意外事故，船只下滑，典礼不能顺利进行。井植岁男二话没说，在寒风中跳入冰冷的海水中，潜入船底，查找问题，最后亲自修补了船体裂口，使典礼得以完成。

——身先士卒可能不是现代企业管理理念所倡导的，但井植岁男这种"舍我其谁"的精神却是世人所赞誉和钦佩的。

1947 年，井植岁男离开松下造船公司开始自己创业，把目光投向当时市场已经饱和的车灯业，他口出惊人之语，立誓在短时间内打造一家年产两百万个车灯的企业。然而事实上，日本当时已有的十六家同类企业所生产的十几万个车灯都在滞销。后来，人们才知道，井植岁男之所以夸下海口，是因为他早已把目光投到了当初大部分日本人的代步工具——自行车上。自行车没有车灯，夜行十分不便，所以他断定这种实用灯的市场前景一定广阔，而且必将成为日本人的必需品。果然不出所料，四年之后，两百万个车灯的目标如期达成!

——井植岁男说过一句话，很是发人深省，他说："以自己经营事业的立场去观察东西，或者去思考事物的话，则事业是不会有所突破的，而应该站在更高一层来观察事物。"

另有一则故事，发生在井植岁男和他的园艺师之间。

有一天，园艺师问井植岁男："先生，您的事业越做越大，如同大鹏在天，而我就像树上的一只蝉，只知吸吮汁液，无所事事，真是太没出息了。您能告诉我一点儿创业的秘诀吗?"

井植岁男看了他一眼，笑了笑，说："好吧，我看你很适合做园艺方面的事情。我工厂旁边有两万坪空地，我们在那儿种上树苗吧。"

园艺师点点头。

井植岁男问他："一株树苗多少钱?"

"四十日元。"园艺师流利地回答。

"好!"井植岁男说，"以一坪种两株算，扣除道路和维护房，两万坪大约可以种两万五千株，树苗成本刚好一百万日元。三年后，一株树苗可以卖多少钱?"

园艺师说："三千日元左右。"

"很好!这样吧，一百万日元的树苗成本与肥料费都由我来支付，你负责管理。三年后，我们可得六百万日元的利润，那时，我们一人一半平分，你看行吗?"井植岁男认真地说。

"啊?"不曾想，园艺师瞪大了眼睛，连连摆手，说："算了，先生，我怎么敢做这么大的生意呢!"

听了园艺师的话，井植岁男没有说什么，只是笑了笑，自顾忙自己的事情去了。

　　——井植岁男的态度很明确，要创业，必须有胆量，否则，再好的机会也会从你身边溜走。

　　看完以上三则小故事，你还能说井植岁男的成功是"坐享其成"的吗？

　　真正的必然在自己！

我的"成功经验"

文 / 于德北

我去郑州领取第三届小小说"金麻雀"奖的时候，有比我更年轻的作者问我成功的经验。他们说，于老师，您已经是"金麻雀"得主了，而且，是这一届的榜首，您能不能把成功经验对我们讲一讲，我们很想将来有一天也站在这个领奖台上啊。

我笑了，轻轻地点了点头。

但我说："晚上吧，晚上我把我的经验告诉你们。"

为什么要晚上呢？因为我要认真地梳理一下自己的思绪，以免误导了提问者，给自己和他人留下终身的遗憾。

下午，我一个人坐在院子的僻静处，特意避开人群，把自己所谓的"经验"记在小本子上。

1. 心怀梦想。我几乎是从十七岁半的时候开始做文学梦的，三十几年过去了，这个梦一直没有醒过。

2. 坚持不懈。我没有接受过正规的高等教育，所以底子很薄，常常望文生义，错别字满口，总是被人笑话。但我不气馁，坚持每天学习，睡前读一两万字的书，有不认识的字及时查，遇到"一字师"，心存尊敬，而不因人家当众揭短而气恼；每天写千把字，无论什么，或写日记或作读书笔记，或是抄写诗词，让自己和文字总保持亲近。

3. 不骄不躁，耐住寂寞。写作是一件孤独的事，没有什么值得炫耀的，发表了好东西，就把它当成一级台阶；如果笔滞，也不偏执——其实，你急也没有用，好文章绝不会因为你着急而自己蹦出来。另外，有了好文章，也不一定就能顺顺利利地发表，这个时候尤其要告诫自己，是金子总会发光的，何必在乎一时的被埋没呢。

4. 学会借道。一个人从一个地方往另一个地方，未必总是通途。遇到道路拥挤时，要学会绕道走路。这就是我为什么写散文、写诗歌、写童话的原因。学会绕道不是落后，而是一种积极的举动。一个人钻了牛角尖儿，等同于毫无意义地浪费时间。

5. 学会爱每一个人。这可以使你在第一时间获得别人看不到的细节。

6. 当一个行者。读万卷书，不如行万里路。一旦有机会，就要离开家门，到更广阔的天地里去。如果这样做了，总有一天你会发现，你文章的触角无形中拉长了。

7. 注意锻炼身体。身体是"1"，其他都是"0"，"1"倒了，你将一无所有。

8. 写作不要与钱挂钩。说不挂钩，意思是不要挂得太紧。挂得太紧，你就变成了文字的奴隶。

9. 一旦彻底失败，也不要谩骂文字。你若骂它，它就会污染你的灵魂。

我列了这样九条我暂时获得"成功"的因素，也算是"经验"吧，希望对提问者有所帮助。但提醒一句，任何"经验"都有个体的差异，所以，一定要有所扬弃地去听。

自信是医治懦弱的良药

文 / 于柏秋

　　自信心对于一个人的成长有多么重要，在人生面临转折的重要时刻，性格懦弱的我就实实在在地领会到了一次。

　　1985 年的 7 月 7 日，我同莘莘学子一道，迎来了汇报成绩的时刻，我怀着既紧张又兴奋的心情走上了高考考场。

　　考试的头一科目为语文，这是我学得最好的一门功课。记得在同一届所有学生当中，学理科的我语文成绩竟能够排进全校前十名。可是考场上，也许是过于紧张的缘故，语文试卷答得很不理想。特别是作文，本来是自己的强项，却也写得别别扭扭。

　　中午回到寄宿的叔叔家，叔叔问我考得怎样，我闷闷不乐地说："一般！"

　　"你平时成绩不错，一科考不好不要紧，要相信自己，别气馁！"叔叔鼓励我。

　　但我极其情绪化的个性让叔叔失望了。在随后的考试中，我依然没能走出语文考试失利的阴影，心里总是惦念着语文成绩，情绪低落，精神委靡，这是懦弱性格的典型表现。

见我闷闷不乐，吃睡不香，叔叔很着急。第二天下午，一贯工作认真负责的他破例向单位领导请了假赶到考点，要接我回家。看见我走出考场大门，他一路小跑着迎上来。我有些惊讶地看着身体胖胖的叔叔已经热得满脸淌汗。他忙不迭地打开手里的塑料袋说："渴不渴，来，快吃雪糕！"再一看塑料袋里的雪糕，差不多都已经化成了水。

晚上，婶婶变着花样给我做可口饭菜。这使我更感到不安。饭后叔叔把我叫到他的房间，心平气和地问我："这两天考得不理想是吧？"我点点头。

"你主要是思想包袱太重，顾虑太多，这样不行呀！今年考不上来年还可以再考嘛，关键是要相信自己，发挥出自己的真实水平啊！"我低头不语。

"你不为自己考虑，总得替你父母想想吧，他们整天脸朝黄土背朝天的，图的啥？"

叔叔的这句话一下子说到了我的心坎上。我忘不了父亲赤膊铲地汗流浃背的场面，放假归来的我只象征性地干了点儿活，就被硬生生地撵回家里"好好学习"去了；而母亲步行几十里土路，穿着磨破的鞋来学校给我送衣物的情景，更是犹在昨天。

那一夜，我什么都想通了，大不了再复读一年呗！我早早上床休息，安安稳稳地睡了一宿好觉。在最后一天考试中，我神清气爽，轻装上阵，超常发挥了自己的水平。特别是平时成绩一般的外语，竟考出85分的佳绩！我最终被一所高等师范院校录取。

遍地黄金

文 / 若 愚

　　岛村芳雄是日本岛村产业公司及丸芳物产公司董事长，他年轻的时候背井离乡到东京一家包装材料店当店员，工资低、压力大，没事的时候就坐在东京的街头看"风景"。

　　有一天，无所事事的他突然发现街上的女人手中几乎都拎着一个纸袋——那是在商场购物时，商家送给她们装商品用的。纸袋花花绿绿，大小不一，像魔法盒子一样在他眼前晃动。他不禁自言自语道："这么多袋子……好像比前一阵子多呀……"

　　突然，岛村意识到什么，他急忙和一家跟店里有关系的纸袋工厂联系，获得允许，入厂参观。眼前的情景真是让他大吃一惊，整个车间像火灾现场一样，每个人都在奔跑着工作。

　　"纸袋如此流行，将来一定会风靡全国，如果选择做纸袋绳索的生意，前景一定十分广阔。"

　　虽然身无分文，但岛村决心设法投资。

　　他一次次跑银行，一家家跑银行，展望前景，展示技艺，说明情况，表明决心。但是，他所得到的是一次次拒绝。他并不灰心，"每天都前去走动拜访"，期望"他们有一天会改变主意"。功夫不负有心人，在他的不懈努力下——历时三个月，拜访六十八次，等到第六十九次去拜访时，三井银行终于被他感化，答应贷给他一百万日元。

朋友们得知他获得贷款后，都对他拥有了信心，这个出二十万日元，那个出十万日元，七拼八凑，很快又凑了一百万日元。

就这样，岛村以二百万日元起家，成立丸芳商会，开始了自己的创业。

前景可以想象，加之他又创造了"原价销售术"，仅仅一年，他的公司一天的利润就达到了一百万日元。

无独有偶。

日本索尼公司创办人之一井深大有一次去理发，他躺在椅子上，一边享受服务，一边看电视，电视节目很精彩，可是他怎么看怎么觉得别扭。原来，从镜子里看电视，图像都是反的。

这种事如果发生在一般人身上，一定没有什么想法，可井深大却从中受到启发：如果能生产出反画面的电视机，那么即使躺着，也可以从镜子中看到正常画面的电视节目了。

理完发，他马上赶回公司，组织技术力量研制并在短时间内生产出了这样的电视机，将其推向市场，果然不出所料，这样的电视机在理发店、美容院、医院等特殊环境大受欢迎，销量节节攀升。

——正像许多成功学家所指出的那样：只有那些善于把握机遇，创造机遇，并能积极付诸行动的人，才能在平淡无奇的生活中发现"闪闪发光的金元宝"。

用灵活的大脑去思考问题

文 / 若　愚

戴尔·卡耐基曾说："成就最大的人往往是那种愿意行动而且敢于行动的人，万事俱备号轮船永远不会驶离码头太远。"

读了下面的两则小故事，你会深刻地体会到，卡耐基的总结十分精辟！

许多人都知道日本商界精英岛村芳雄创造了"原价销售术"，却很少了解它的内容是什么。岛村芳雄创业之初，资金并不雄厚，在这样的一种情况下，他想出了一个借鸡生蛋的好办法。

这个办法很简单。

他首先以 0.5 日元的价格从麻绳厂大量购进每条长四十五厘米的麻绳，用于做纸袋的提手，然后，照原价卖给东京一带的生产纸袋的工厂。他手下的员工们都很不解，这么做生意，还能赚钱吗？岛村先生是不是疯了？

可他们哪里知道，一年后，"岛村麻绳实在便宜"的名声很快便传扬四海，厂家订单如雪片飞来。

见时机成熟，岛村开始采取下一步行动，他拿着购货收据来到订货方诉苦："我这样做生意，一分钱也没赚到你们的，我现在已经无货可卖，就要破产了。"

客户为他的真诚所动，甘愿把交货价格提高到 0.55 日元。

与此同时，岛村又来到麻绳厂，依然大诉其苦："你们看，平价进平价出，我一厘的利润都没有，就要破产了。"

麻绳厂从未见过这样的合作伙伴，于是毫不犹豫地把卖给他的麻绳价格由原来的 0.5 日元，降为 0.45 日元。

这样一来，以当时一天一千万条的交货量，岛村芳雄一天的利润就是一百万日元。

"原价销售术"不但让岛村迅速致富，还声名远播，成为一时美谈。

如果说岛村的故事属于"东方传奇"，那么，在美国也有这么一位"西部英雄"。

约翰·甘布士是美国达维尔地方的百货业巨子，说起他的发家史，那真是简单得不能再简单了。

曾经一段时间，甘布士所处的达维尔地方面临前所未有的经济萧条，不少工厂和商店纷纷倒闭。商品价格极低，低到令人难以置信的地步——一美元可以买到一百双袜子！

当时，甘布士还只是一家制造厂的小技术员，但他从眼前的经济萧条中看到了商机。他拿出自己的全部积蓄，大量地囤积货物，别人对他的行为冷嘲热讽，他却依然我行我素。

事态进一步恶化，仅十几天的时间，"一美元一百双袜子"也没有人感兴趣了，厂家被迫把所有库存销毁，借此稳定市场的物价。

看到大火吞噬着货物，妻子不由得为甘布士担忧起来。

甘布士安慰她说："别着急，马上会见转机的。"

果然，不久之后，美国政府为了拯救不景气的经济，采取了紧急行动，很快就稳定了地方物价，随后采取各种措施帮助厂家恢复生产，帮助商店恢复营业。虽然如此，由于被焚烧的货物太多，短时间内"供不应求"的趋势难以得到缓解，物价天天飞涨，工厂和商店没办法，只能干着急。

这时，甘布土知道，自己发财的机会来了，他打开仓库，大量地抛货，很快就赚到了一大笔钱。有了这笔钱，甘布土决心搏击商海，实现自己更有价值的人生目标。

几年下来，他便成为美国举足轻重的商业大亨！

——用灵活的大脑思考问题，你会发现，财富其实就在你身边。

思维决定人生

文/感　动

上帝想改变一个乞丐的命运，就化作一个老翁前来点化他。

他问乞丐："假如我给你一千元钱，你将怎样使用它呢？"乞丐回答说："这太好了，我就可以买一部手机呀！"

上帝不解，问他为什么？"我可以用手机同城市的各个地区的同行联系，哪里人多我就可以到哪里去乞讨。"乞丐回答说。

上帝很失望，又问："假如我给你十万元钱，你将怎样使用它呢？"乞丐说："那我可以买一部车。"

上帝又问他为什么。乞丐说："这样我以后再出来乞讨就方便了，再远的地方也可以很快赶到。"

上帝很悲哀，这次他狠了狠心说："假如我给你一千万呢？"乞丐听罢，眼里闪着光亮，说："太好了，我可以把这个城市最繁华的地区全买下来。"上帝挺高兴，这时乞丐突然补充了一句，"到那时，我可以把我领地里的其他乞丐全都撵走，不让他们抢我的饭碗。"

上帝听罢，黯然离去。

机遇随处皆是，但决定人生的还是思维。

最傻的人成功了

文 / 感　动

1862 年，德国格丁根大学医学院的亨尔教授迎来了他的新学生。在对新生进行面试和笔试后，亨尔教授脸上露出了笑容，但他马上又神色凝重起来。因为他隐约感觉到这届学生中的很大一部分人是他教学生涯中碰到的最聪明的苗子。

开学不久的一天，亨尔教授突然把自己多年积下的论文手稿全部搬到教室里，分给学生们，让他们重新仔细工整地誊写一遍。

但是，当学生们翻开亨尔教授的论文手稿时，发现这些手稿已经非常工整了。所以几乎所有的学生都认为根本没有重抄一遍的必要，做这种没有价值而又繁冗枯燥的工作是在浪费自己的青春和生命。有这些时间，还不如发挥自己的聪明才智去搞研究。他们的结论是，只有傻子才会坐在那里当抄写员。最后，他们都去实验室里搞研究去了。让人想不到的是，竟然真有一个"傻子"坐在教室里抄写教授的论文手稿，他叫科赫。其实，科赫也不知道教授为什么要他抄写这些手稿，但他认为教授这样做应该有他的道理。这时，同学们都开始取笑科赫，他们叫他"最傻的人"。

一个学期以后，科赫把抄好的手稿送到了亨尔教授的办公室。看着科赫满脸疑问，一向和蔼的教授非常严肃地对他说："我向你表示崇高的敬意，孩子！因为只有你完成了这项工作。而那些我认为很聪明的学生，竟然都不愿做这种繁重、乏味的抄写工作。"

"我们从事医学研究的人，不光需要聪明的头脑和勤奋的精神，更为重要的是一定要具备一种一丝不苟的精神。特别是年轻人，往往急于求成，容易忽略细节。要知道，医理上走错一步，就是人命关天的大事啊！而抄那些手稿的工作，既是学习医学知识的机会，也是一种修炼心性的过程。"教授深情地说。

这番话深深触动了科赫年轻的心灵。他意识到身为一个医学工作者的重大责任，在此后的学习和工作中，科赫一直牢记教授的话，他老老实实做最傻的人，以此来涵养严谨的学习心态和研究作风。就是这种做事态度让他在人类历史上首次发现了结核菌、霍乱菌。而第一个发现传染病是由于病原体感染而造成的人，也是这位叫科赫的"最傻的人"。1905 年，鉴于科赫在细菌研究方面的卓越成就，瑞典卡罗琳斯卡医学院将诺贝尔生理学或医学奖授予了他。

如果把科赫的经历和你周围的人相印证，你就会发现一个令人深思的问题：那些成功的人，并不一定是很聪明的人，但他们必定是傻傻地专注于同一事物且从不动摇的人。

大树的伤疤

文 / 感　动

　　我年轻的时候，脆弱得经受不起一点儿伤害，每次受伤之后，我都习惯一个人在无人的背街上行走。那年夏天，在我人生中最失意的时候，我碰到了罗斯蒙德先生。

　　"孩子，不要低着头走路，那很容易撞到树上。"这声音苍老又和蔼，顺着声音，我看到了罗斯蒙德先生，他的衣服上印着环卫工人的标志，他一只手拎着油漆桶，一只手拿着刷子，仔细刷着街边的一棵美洲红杉树，引起我注意的是他的神态，严肃得如同一个艺术家在精雕细刻一件作品。那天，他的帽檐向上翻卷着，让我想到了海明威笔下的老牛仔。他的神态和帽子配在一起，让人看起来很有趣，使我郁闷的心情稍稍好了一些。

　　"您在对这棵树做什么？"我好奇地问他。他说自己正为这棵受伤的树粉刷伤口。"红杉也会受伤？"我问他。"是的。"他指着那棵高大的红杉树对我说："你看它的身上，伤痕累累。这是因为每年夏天，我都要对它进行修剪。修剪之后，就要马上往它的伤口涂油漆，这样，它就不会因为体内水分流失而枯死了。那几个最大最圆的伤疤，是八年前留下的；那三个椭圆形的伤疤，是三年前的；涂着油漆的，是刚刚留下的……"

我没有想到，这位老环卫工人，对这条街上每一棵树的每一个伤疤，会像自己的孩子一般熟悉。更从没有想过，一棵树竟和一个人一样，活着，也要受这么多的伤。幸亏有罗斯蒙德老人，细心地为它们抚平伤口。而我呢，我的伤口谁能抚平得了？

　　看我对这些树感兴趣，罗斯蒙德先生很兴奋，他挥舞着双手说："小伙子，你看，这条街边的树每年都要受很多的伤，这一棵红杉，它身上的伤疤差不多有六十处呢。这是一棵受伤最多的树，却也是长得最粗壮、最高大的树，这是多么有趣的事！"

　　我突然感觉，罗斯蒙德先生一定是上帝派来点化我的。他是用那些树，来让我明白受伤对于生命的重要意义。

　　后来，罗斯蒙德先生成了我的朋友，每年夏天，我都要带着女儿，去看他为街边那些树抚平伤口。随着时间的推移，我的性格在慢慢改变着。最大的变化是我能够平静面对人生中的那些伤痛了，包括最爱我的祖父突然离我而去，我的小女儿去乡下度假骑马时永远失去了双腿，我的公司在全球金融大危机中濒于倒闭。在生命的每一个伤口面前，我都会想起拿着刷子的罗斯蒙德老人。直到有一天，罗斯蒙德老人也离开了。听到这个消息时，我已经很平和了。

　　我默默地为罗斯蒙德老人祈祷，在心里对他说："尊敬的罗斯蒙德先生，谢谢您，我想我现在已经是一棵大树了。"

人生需要一种化解

文 / 李凤春

金庸小说《天龙八部》中，武功最强的是一位无名老僧，他轻而易举的几招就把数位绝顶高手全部打败。无名老僧曾这样阐释过：练功者每练成一项少林绝技的同时，自己的身体都会遭受莫大伤害，并将有生命危险，所以，每练一种武功，都需要学习相应的佛法来化解其中的戾气。最终，越慈悲的人，武功越是高强。

想来，这位老僧道出了一个涵盖人生的道理：人生中的任何事情，都需要一种化解。

我们的情绪需要化解，郁闷时，需要发泄来化解；伤心时，需要眼泪来化解；失意时，可一醉方休化解胸中块垒；仇恨时，则需胸襟与笑容来化解。化解后，心灵才会平衡，心绪才会平和下来，然后，人生会重新进入阳光地带。

我们的身体也需要化解，每天静坐室内，或写着文字，或面对着电脑屏幕，慢慢地就会出现思维迟钝、视力下降、大腹便便等现象，时间久了，身体的健康就会出现问题。这时，就需要以动"治"静，走出房子，在自然中用绿色养眼，用新鲜空气润肺，让鸟语叫醒耳朵，借花香恢复嗅觉。

经此化解，再回到工作中去，必会精神百倍，思维灵活，工作高效。

几天前，看到一则消息，是说比尔·盖茨将从微软帝国转向慈善世界。这也是一种化解，社会财富的总量是相对固定的，一些人获取了过多的财富，另一些人的财富必然会减少，进而造成贫富不均的社会现象，随之而来的是穷人仇富，富人在精神和道德上出现危机等社会问题。这时，类似盖茨等聪明的富翁就会选择慈善来化解危机，和谐社会关系，最终让别人认可自己。

人生离不开化解，就像生命离不开阳光和空气。没有化解的人生，人生观必然畸形，人生道路必将偏狭，这样的人生必然存在危机；不懂化解的人，会拘泥不化，执迷不悟，钻入牛角尖，走进死胡同，以致自己四处碰壁，寸步难行，永远无法窥得人生的另一番境界，无法体会人生的精彩有趣。

化解，是一种人生智慧。懂得化解之道，就会洞明世事，练达人情，于山重水复之际，走出迷津，豁然开朗，突见柳暗花明；在纷繁复杂的环境中，来去自如，游刃有余。

化解，更是对某一事件或某一生命时段的校正与反思。人生在化解中有所悟、有所得，精神修养达到一个新的境界，然后，向成功的顶点更近一步。

成功的人

文 / 李凤春

　　毕业八年后，十几个大学同窗又聚在了一起。当然，每个人的变化都很大：有的人现在是大公司的经理，有的人爬升到了某机关处长的位置，还有的人下海经商成了暴发户……可以看出，来参加聚会的都是踌躇满志的成功人士。

　　回顾与怀旧只是一个开场白，主题是大家谈论自己成功的过程和优越的生活现状。就在这时，他走进来了。他解释说到省城来的大巴在路上出了点儿故障，他罚酒三杯，请大家原谅他的姗姗来迟。大家开始询问他的工作和生活。他一下子很兴奋，说自己在一个小镇做教师，现在教初中三个班级的语文课，每月能挣到一千多块的工资……他没有注意到大家看他的目光里一下子充满了怜悯，很激动地说到自己是一个农民的儿子，从小的梦想就是做一名中学语文教师，他说自己没想到这个梦想真的实现了！

　　听着他的话，那些怜悯的目光突然游离起来。每个人都在努力回想着自己最初那个梦想。多年的苦心经营，让他们有了房子、车子、票子，但这些在此时竟不能带给他们一丝一毫的成就感，因为那个最珍贵的梦想被丢失了，再也没有办法实现了。

那一刻，整个屋子里的人都很落寞，只有他一个人在开心地吃着一块猪排。

有人这样诠释过成功：一个人如果能在早晨起来晚上睡下，其间又在做他一直梦想着要做的事，而且不愁衣食，那么，他成功了。

左撇子为什么优秀

文 / 李凤春

　　一直以来，人们都认为左撇子是有天赋的。这种说法有许多实例可以佐证，许多优秀的人：如拿破仑、牛顿、比尔·盖茨等都是左撇子。而美国最近的五任总统有三个是左撇子——罗纳德·里根、乔治·布什、比尔·克林顿。为了解开左撇子优秀于常人的秘密，俄罗斯遗传学家盖奥达基扬进行了多年的研究，最后，他研究的结果是：左撇子和右撇子的生理基因没有丝毫的差异，智商水平也是完全一致的。

　　可事实上，左撇子的人的确大多比较优秀和杰出。为了解开这个谜团，心理学家列维做了一项调查，他从世界各地寻找了五十名左撇子和五十名右撇子，然后对每个人的成长经历进行了询问和记录。然后将两者进行比较，结果，他发现了一个问题，与右撇子相比，这些左撇子从进入社会开始，就有一种压力和自卑，这是因为世界是右撇子的天下。衣、食、住、行的习惯和模式，都是依右撇子的意志构筑的。面对这种境遇，左撇子不得不紧张、努力地来生活，并用全部心思来应对人生。结果，左撇子在努力中练就了超常的适应能力和韧性，这最终使他们在事业的阶梯上爬到上层的人的比例明显高于右撇子。

所以说，左撇子并不是一生下来就是优秀的，他们仅仅是人类具有某种特性的群体。是在社会中占绝对优势地位的右撇子带来的压力，使他们走上自强不息之路，并成为人群中优秀的个体。

　　在强者面前，弱者难免会产生自卑心理，但是一旦这种自卑成为自强的动力，弱者就会成为更强的人。

守护绝望中的希望

文 / 澜 涛

我去一个农场采访一对因输血感染艾滋病毒的母子。

艾滋母子家是三间砖瓦结构的房子。从外面看过去，是因为冬季的缘故吧，死气沉沉。我刚走进院子，一个面容枯槁、三十几岁模样的女人打开房门迎了出来。没等我开口，女人已经先说话了："你就是昨天打电话来的那位记者吧？"我点头，将记者证拿给女人看。女人瞥了一眼我手中的证件，并没接过去，说道："进屋坐吧！"

女人叫韩梅，二十九岁，正是我要采访的艾滋母子中的母亲。

我以为，被艾滋病毒宣判死刑的人应该是满眼的凄怆和绝望，但韩梅的眼睛里淡然而平静。采访在一问一答中进行得十分顺利，韩梅仿佛在讲述着别人的不幸，一直十分平静地回答着我的问题。当我让韩梅回忆一下，当她刚刚知道自己感染了艾滋病毒时的情景时，她的嘴角悄然地抽搐了一下。

韩梅是到所在农场的职工医院做剖宫产手术时，因输入"艾滋血"而感染上艾滋病毒的。韩梅当时并不知情，剖宫产生下儿子肖阳波一周后，发着低烧的她就出院回到了家中。此后，她虽然经常发烧、头晕，并时常莫名地呕吐，但她和丈夫都没有太在意，都理解成她是生产后没有调养好，而对于也经常莫名发烧的儿子，夫妻俩也理解成是孩子体质不好。

四年后的9月，农场的一名女子生病到省城医院治疗时，被发现感染了艾滋病毒。省疾控中心经过排查，确定其是因在农场职工医院输血感染了艾滋病毒。由有关专家组成的治疗组立即对过去几年在农场职工医院输过血的患者进行逐一排查，很快，韩梅和肖阳波被确定感染了艾滋病毒。当疾控中心的工作人员将这个消息告诉韩梅时，她难以相信，她紧紧地搂抱着4岁的儿子，歇斯底里地哭嚎了整整一夜。第二天，韩梅抱着4岁的儿子，在丈夫的陪同下赶往省城进行封闭治疗。车启动，看着渐行渐远的家，韩梅心如刀绞，她知道，这一走，她和儿子或许就难以再活着回家，而这叫作家和家乡的一切或许将成为最后的张望。她疯疯般地盯看着车窗外的一切，房屋、街道、树木……生怕错过哪怕是一根小草。看着看着，泪水模糊了她的双眼。正沉浸在去大城市欣喜中的肖阳波见了，好奇地问韩梅："妈妈，您为什么哭啊？您不是说城市里有好多高楼大厦，有好多的汽车，可漂亮了吗？您怎么还不开心啊……"

……

韩梅对我讲述到这里，突然停了下来。空气一下沉静凝重起来。我能够感觉到韩梅心中的悲痛，我以为她会哭，会落泪。但是，顷刻的沉静后，她轻轻一笑，说道："不好意思，让你见笑了。"

如此悲痛的时刻，还牵挂着陌生的我的感受，我的心丝丝地疼起来，无言以对。

这时候，一个四五岁模样的小男孩从外面推门进来，见到我，先是一愣，然后走到韩梅身前，将手里的一对碗盘递给韩梅，说道："妈妈，我冯姨说这碗和盘子她家不要了，送给咱家用了。"韩梅接过碗和盘子，眼睛里掠过一丝不易察觉的悲凉和无奈，喃喃地说道："这碗和盘子是邻居冯嫂来给我送吃的的时候端来的，唉！我家用过的东西，人家都不敢再用了……"

我不知道该说什么，看着眼前的小男孩，问道："你是不是叫肖阳波啊？叔叔给你带了几本动画书，你看喜欢不。"说着，我从包里翻出事先买给肖阳波的动画书，肖阳波接过书，立刻兴奋地翻看起来。韩梅看了看儿子，安详地笑了，随即，她讲述起关于儿子的生活。

　　韩梅和肖阳波到了省城的医院后，就开始进行药物治疗。第一天，肖阳波打静点，4岁的肖阳波说什么都不肯扎针，他拼命地挣扎着、哭嚎着。几名护士按手的按手，按脚的按脚，用了五分钟，才将静点给肖阳波打上。终于安静下来的肖阳波问韩梅："妈妈，我们为什么要打点滴啊？"韩梅回答着："我们生病了。"肖阳波又问道："我们生的什么病啊？我们能不能死啊？"韩梅的心仿佛被万箭穿扎着，嘴唇嚅动着，没能再说出话来。

　　只有4岁的肖阳波安静了没多久，就开始尝试挣脱胳膊上的针头和输液管，结果，滚针了，需要重新扎针。又是一番杀猪般的哭嚎与挣脱。最后，护士给肖阳波注射了安眠药，才顺利地静点上。此后，每一天为肖阳波静点都成为韩梅无法面对的痛苦。一天，当肖阳波又一次被强制注射了安眠药才静点上之后，她对一旁的丈夫说道："我唯一的希望是自己能死在儿子前面。我实在看不下去了，我看不了儿子受的这种罪啊……"

　　医院生活，韩梅还能够忍受。然而，对于正处于好玩好动年龄的肖阳波来说，却是百无聊赖的。一天，一名病友7岁的孩子到医院来，肖阳波立刻跟在对方身后，形影不离。韩梅看在眼里，疼在心上。她突然意识到，该是让儿子了解病情的时候了，否则儿子极有可能在和其他小伙伴玩耍的时候不小心将艾滋病毒传染给对方。

　　她立刻叫过肖阳波，为肖阳波修剪已经够短的指甲。肖阳波不解地问她："妈妈，我手指甲都这么短了，你怎么还给我剪啊？"韩梅解释并叮嘱着儿子："儿子，记住妈妈的话，你绝不能用手去挠别人，因为你和妈妈都得了艾滋病，不小心的话会传染给别人的……"肖阳波似懂非懂地问道："妈妈，什么是艾滋病啊？""艾滋病是一种很可怕的病，人得上就治不好了。

如果你出血了，千万不要碰别人，不然就会把病菌传染给别人……"肖阳波沉吟了片刻，小大人一样点着头，说道："妈妈，我记住了。我要是出血了就不能让别人碰。"他又问韩梅："妈妈，那我们能不能治好啊？"

生命还没有绽放，就要凋零。我突然打了一个冷战，感觉有泪水要从我的心里流出来，我急忙去翻找纸巾。而一旁的韩梅还在讲述着。

我翻出纸巾的时候，突然看到，一旁的肖阳波的鼻孔在往下滴血，我急忙伸手过去，想帮他止血。就在我的手就要触碰到肖阳波鼻子的一刹那，他突然一把推开我的手，喊叫着："你别碰我，你离我远点，会感染你的……"

我愣怔在原地，脑海中一片空白。止住鼻血后，肖阳波再一次投入到我带给他的那几本动画册子中去了，我的心却仍旧波澜翻滚着。这个被艾滋病毒感染的小生命，可能随时都会倒在艾滋病毒的魔掌之中，但他弱小的生命却蕴藏着博大的心胸。

我正发呆，一旁的韩梅轻轻地叹息了一声，对我说道："记者同志，你能不能帮我个忙，帮孩子找一家能接收他的学前班。我和孩子他爸找了几家学前班，都不肯接收他。我们给他找家教老师，老师教了一天后就不肯再来了。这孩子每天都嚷着要上学……"

说着，泪水滑出韩梅的眼角。我终于看到了这个艾滋女人的泪水，却无法将这泪水和脆弱联系上丝毫。病魔可能随时都会夺走她的生命，可她依然对未来满怀希望，依然对儿子满心希望。

我潸然泪下。

艾滋病毒都无法让那对母子放弃与绝望。相对于这对艾滋母子，大多数人都是幸福和幸运的，那么，优越的我们，还有什么借口沉郁忧伤？还有什么理由懈怠颓丧？

肖阳波饿了，韩梅去为儿子做吃的去了。采访暂时中断。我望着在厨房中有说有笑的艾滋母子，他们的身上突然焕发出一种光彩，那是一种沐浴福气、遭遇劫难都无法使之腐败或蜕变的爱与希望所发出的光彩。地震、洪灾、疾病、战火……千年流光，万岁轮转，人类历经重重灾难、种种不幸，但却奇迹般地繁衍传续下来，应该正是秉承着希望与爱的缘故吧！

常怀爱和希望于心，哪怕灾难将生命摧毁，但那爱与希望的光彩仍会熠熠不灭，并光亮温暖自身，以及自身之外一切靠近的心灵。

没有哪一缕风是多余的

没有哪一缕风是多余的，春风让花红柳绿，冬风让雪开如银；也没有哪一段路是多余的，崎岖让我们学会坚韧，岔途让我们洞悉方向……

为春天腾出双手

文 / 澜　涛

　　我有一个朋友，几年前因为婚姻的变故，毅然辞掉了政府部门的工作，背井离乡去了阿联酋。几年过去了，就在人们还没有从她决然出国的震撼中醒来时，她已经在阿联酋渐渐站稳脚跟，并有了自己的一家不大不小的公司。这时，另一段情感又进入她的生命，她更加春风得意，电话里的她也常常是对未来的无限憧憬。然而，没多久，她疯狂投入的爱情却背叛了她，因为有着对女儿的牵挂，她坚强地从情感的泥潭中挣扎了出来，但整个人却少了许多过去的锐气。

　　因为我没有去过阿联酋，并不真正地了解她在那里的生意和生活状况，我只是从她对女儿的毫不吝啬，甚至有些挥金如土般的投入感觉到她在经济上应该有着比较丰厚的积累。但每每我给她打电话的时候，她总是提醒我又在浪费电话费。一次，给她打电话，她说有一个朋友不在阿联酋做生意了，回国了，她去送朋友时，很伤感，喝了酒。我担心地问她是否喝多了。她幽幽地叹息着说：“怎么会喝多啊，哪里有那么多酒可喝呢，这里的酒很贵的。”我问她，为什么不回国发展，她淡淡地说着：“这里的生意放不下。”

　　这一次电话之后，她在我心中无奈的感觉更浓烈了些。

不久前，看新闻，说阿联酋计划从美国购买 6.9 亿美元的军火。再次打电话给她时，提到这件事，并表示希望阿联酋永远不会卷入战火，这样身在阿联酋的她就可以确保没有危险、没有动荡。让我没有想到的是，她却对我感叹道："发生战争也好，我就可以下决心离开这里了，不然总是想走又总是不舍。"

　　放下电话，我陷入良久的沉思。

　　两手空空的时候，我们因为不怕失去，无畏地进取着，而一旦我们获得了某些果子，就变得怕失去，于是在享受安逸中变得慵懒，并逐渐丧失创新的勇气。当安逸渐渐成为鸡肋，我们就会陷入食之无味、弃之难舍的尴尬境地。生活的意义不应该是对安逸的享受，而应该是，是否充满快乐，是否每一天都能够燃烧着生命中的激情。

　　当安逸成为鸡肋，舍弃安逸不只是勇气，更是一种睿智。手里捧着果子的人，春天来了是无法播种的。懂得为春天腾出双手的人，才能够拥有更丰硕的秋季。

没有哪一缕风是多余的

文 / 澜 涛

　　大约三四岁时，做教师的父亲会隔三差五地或借或买回家一本小人儿书，在那个几乎没有零食和玩具的年代，能够看到一本小人儿书是一件极其奢侈的事情。就在看小人儿书的过程中，我渐渐迷恋上了阅读。当我知道小人儿书中那一个个精彩的故事是一个个作家写的之后，我对作家就充满了一种敬慕。上小学后的一天，当老师问班上的同学们有什么梦想时，我的脑海里立刻跳出一个词：作家。

　　实际我根本不知道成为作家需要怎样去努力。只是凭借自己的理解，刻苦地学习着，以为有了好成绩，考上大学，就可以成为作家了。我16岁那年，在一场爆炸事故中，眼睛和手严重受伤，不得不辍学了。这带给我极大的打击，我以为，我的作家梦也就此夭折了。

　　此后，在茫然和落寞中，我在生活的旋涡中起伏挣扎着。偶尔，心情郁闷、烦躁难眠的夜晚，我会静坐在灯下，写下一些心事。偶尔，我会将自己的涂鸦按照一些报纸、杂志上的地址投寄出去。大约在我28岁那年，我的一首诗被一家杂志发表，这带给我极大的喜悦和动力，从此我开始疯狂地写诗，一首又一首，一天又一天。我觉得，这是通向我那个作家梦的路，我只要沿着这条路写下去，一定会抵达那个我梦寐以求的殿堂。

那几乎是拼尽一切努力，在日常的工作之外，我将所有的思维都倾注在写诗之中，为了能多写一首诗，每天的睡眠时间被我缩减再缩减，睡眠最少的一段时间，每天只睡四小时左右。

但是，不是努力了就一定可以成功。

整整写了半年诗，却再没有一句诗发表。我放下笔，开始反思我的选择，并开始了对诗之外其他文学作品的阅读。在这样的反思和阅读中，我发现，当时的一些青年类期刊杂志上的美文，是我能够写得来的，于是，我不再写诗，改写美文。让我快慰的是，很快，便有一篇篇美文作品被刊发出来。后来，随着美文写作经验的不断积累，我将写作题材不断拓展到更多方面。2009年，在鲁迅文学院第十一届高级作家研讨班学习的我，接到了加入中国作协的通知。喜悦之余，回望一路走来的波折坎坷，我对那段写诗的记忆异常深刻，并心存感谢。可以说，那是一次失败的尝试。但是，那次尝试却并非毫无价值，它为我调整日后的写作方向起到了极其重要的作用。

生活以纷繁的姿态出现在我们面前，我们时刻都需要面对选择。没有人天生就会清楚哪一条路是最适合自己的、通向正确和成功的路。但是，每一段路都不是多余的，哪怕是岔路。岔路虽然无法帮助我们抵达目标，但能够帮助我们排除错误。最重要的是，虽然是一条无法抵达目标的路，但路途中仍旧有风景入怀，这样的缤纷虽然零碎，但日复一日积累下来，生命悄然丰满起来。

越丰盈的生命，越能够迸发出绚烂的美丽。

没有哪一缕风是多余的，春风让花红柳绿，冬风让雪开如银；也没有哪一段是多余的，崎岖让我们学会坚韧，岔途让我们洞悉方向……流沙里有珍珠，暗夜里有星光。常怀睿智、感恩的心，淤泥就可能成为滋养美丽荷花的沃源，苦涩就可能成为茂盛甜润人生的根须。

把自己当成一粒种子

文 / 陈亦权

史蒂芬·威尔逊不仅是美国维斯卡亚机械制造公司的 CEO，还是全美最具影响力的机械制造工程师，然而，让人意想不到的是，他的职业生涯，是从做一个车间清洁工开始的！

从上世纪 80 年代起，维斯卡亚公司就极具盛名，学机械制造的史蒂芬和几位同学从哈佛大学毕业后，都非常希望能进入这家公司工作，于是一起给公司写自荐信。然而，他们的自荐信很快被退了回来，并被告知公司并不准备聘用只有理论知识而没有实践经验的人。史蒂芬的那几位同学遭到拒绝后，纷纷凭着学历在别的公司里直接进入了管理阶层，但史蒂芬却依旧把眼光停在那家最能让他发挥才智的公司上。

有一次，史蒂芬在农场里帮助他的父亲收割向日葵，他发现因为雨水的缘故，有好多葵花子都在植株的顶端发起了芽，他对父亲开玩笑地说："这些葵花子这么迫不及待地发芽，结果只有死路一条，想发芽开花就必须要钻到泥土里去才行。"话刚说完，史蒂芬忽然想到了什么……

当天回家后，史蒂芬把自己的文凭塞进了抽屉里，然后假装一无是处地来到这家公司，表示自己愿意为该公司提供无偿劳动。公司的人一听竟然还有这种好事情，虽然暂时没有岗位空缺，但考虑到不用任何花费就能拥有一个肯为公司效力的人，就答应了史蒂芬，每天的工作就是在各车间打扫卫生，收拾废铁屑。

史蒂芬的做法让他的同学们大为不解，这么优秀的一个人才，竟然在一个扫地的岗位上工作。而史蒂芬却在日常的工作中越来越意识到，这份被别人不屑一顾的工作，会让他拥有某种条件。因为史蒂芬在日复一日的到处走动打扫卫生的过程中，细心观察了整个公司各部门的生产情况，并一一作了详细的记录。半年多以后，他发现了公司在生产中有一个技术性漏洞。为此，他花了近一年的时间搞设计，通过在工作中积累的大量统计数据，最终想出了一些足够改变现状的方法。

史蒂芬试图将自己的想法告诉总经理，但是他根本没有机会见到总经理。半年后，公司发生了一件非常重要的事情，许多订单都因为产品质量问题而纷纷被退回，如果拿不出质量更好的产品，公司将要蒙受巨大的损失。

为了挽救劣势，公司董事会召开紧急会议商量对策，可是会议整整进行了六个小时还没有得出一个结果，这时，史蒂芬揣着自己的想法敲响了会议室的门，他对着正在开会的总经理说："我要用十分钟时间改变公司！"随后，史蒂芬对之所以出现问题给出了一个合理解释，并且在工程技术方面提出了自己的观点。最后，他拿出了自己对产品的改造设计图，这个设计非常先进，恰到好处地保留了原有的优点，同时又能避免出现问题。

按照史蒂芬的提议，公司生产出来的产品受到了客户的一致好评，他很快就因为对公司的巨大贡献而被聘为负责生产的副总经理，之后几年中，史蒂芬又通过自己在基层工作时所记录下来的点点滴滴，不断改进着公司的管理和生产。十年之后，史蒂芬不仅荣升为维斯卡亚公司的 CEO，而且个人财富也跻身美国的前五十名！

勤于工作的史蒂芬在之后的十几年里，先后出版了六套机械制造专著，其中最著名的《机械制造业基层管理》还被美国的三所大学采用为教材。

史蒂芬当初的那几位同学至今依旧做着他们那一成不变的工作，他们时常羡慕地问他是怎么做到这一切的，而史蒂芬的回答总是让人似懂非懂的一句："因为我曾经把自己当成一颗种子钻进了土壤里！"

大舞台缘于大梦想

文 / 陈亦权

王强是邯郸一位很普通的乡下孩子，因为没考上高中而来到邯郸城里做起了厨师学徒，和所有的年轻人一样，在工余时间也常去网吧里玩玩游戏。

一次，他们正在一家网吧里上网，忽然间电脑系统出了故障，网吧里的人只能愣在电脑面前等着技术人员修好，但是足足过了二十来分钟还没有恢复，有的人退钱走人，有的不想走的索性就坐在沙发上大发牢骚，老板安慰大家说："每家网吧都会出现这样的情况，这是行业通病，没办法的！"

说者无心，听者有意！王强心想，既然每一家公司都会出现这样的问题，那如果有一家能专门针对网吧服务的电脑公司的话，不是有很大的市场吗？

从那一刻起，王强对电脑的兴趣就从游戏转到了系统、程序上。他把足足两个月的工资交到了一家计算机学校，开始学起了网页设计、办公软件等电脑知识。师兄弟们纷纷在背地里取笑他说："一个连高中都没有上过的农村孩子，还想从事什么电脑行业，简直是痴人说梦！"

王强的师傅也不止一次地提醒他认真学烧菜才是应该做的事情，甚至还因为他的两头忙而狠狠地批评过王强。但是这没有挡住王强追求梦想的决心，他心里总是想着那个空白的市场——成立一家为网吧服务的电脑公司！

　　为了不让师傅责备，他尽量做到不迟到不早退，把所有学习电脑的时间都安排在业余时间里。因为勤奋和努力，他的电脑水平一直名列前茅。这样大概过了九个多月，一家私人企业到学校要聘一位比较优秀的学员，学校很自然地推荐了王强。于是王强毅然辞掉了厨师的工作，去了那家私人企业上班。王强边工作边总结，电脑技术变得更加熟练。但半年后，他因为在工作中出现了失误而被辞退了，他一下子失业了。

　　在自责和自省中，王强在网吧里找到了一份工作，从事网吧的系统维护、游戏安装、页面搜索。一年多的时间里，王强对网吧的运营流程、设备的维护、网络的管理等方面都了如指掌。于是辞职自己单干，他打印了许多宣传单，给网吧做电影更新，给毕业生做视频简历。可能是当时大家对这种简历的认可度不高，而且费用也不低，坚持了半年鲜有顾客，只能关门停业。就这样，王强第一次创业失败了。

　　这时，他那些做厨师的师兄弟们善意地对他说："算了，心不要太高，好好做厨师吧！那些事情不是你这样的人所能做的！"

　　王强感谢师兄弟们的关心，但他并没有因此而改变自己的梦想。他觉得电脑已经越来越普及，各地的网吧更是如雨后春笋般涌出，而他们所缺少的正是他这类拥有专业技术的人才。王强把目标定在了网吧上，为网吧做服务器管理、系统维护之类的服务。他再次打印了些宣传单，不辞辛苦地挨家发给这些网吧，又从朋友那里借来电脑、硬盘和一些专业工具，又到旧货市场买了一张旧写字台，他的小型网络公司就这样成立了。王强采用免费试用的办法来吸引客户，没多久，一家网吧老板试用了他的服务，一周后，老板决定用四千元一次性购买他的电脑网络系统维护产品。

　　得到这家网吧的认可，不仅使他做成了第一笔生意，更为他打造了一个业务示范模本。就这样，第二家、第三家接踵而来……

　　十年过去了，当初的小厨师如今已经成为邯郸一家大型网络公司的老板，办公地点也从出租房移到了写字楼，专业队伍发展到了三十多人，他的公司可从事多项网络技术业务，每年的经营利润能达到二十六万元以上。目前，王强又把客户范围延伸至企事业单位的电脑、网络维护、网络安全管理等。对于将来，王强打算在附近的石家庄、保定及河南的安阳、山东的聊城等地陆续开设分公司，努力打造成网吧行业的最大网络公司。

面对他的成功，当初的那些师兄弟们无不表示敬佩和羡慕，而他总是说这样一句："其实每个人面前都有一个舞台，这个舞台有多大，就取决于你心中的梦想有多大！"

眼光决定成败

文 / 陈亦权

　　十年前，一位小伙子跟着老乡从老家来到省城打工，老乡在一个搬家公司里当搬运工，而小伙子则在一个工地上找了份零工。工棚里除了一张简易木床外就什么也没有了。他想买个电视机，但到旧货市场去看了一下，最便宜的也要两百元，就放弃了。

　　一天，他的老乡随搬家公司的车子给一户居民搬家，那户人家有一台老彩电不想要了，他就花六十元买了下来，然后用一百元的价格转手卖给了小伙子。他从小伙子这里赚到了四十元钱。

　　就在老乡为轻易赚得这四十元而窃喜的时候，小伙子却在心里想开了：户主那么便宜就舍得卖掉的旧电视机，为什么出现在旧货市场就变得那么贵呢？不过仔细一想也不是没有道理，收购旧家电的小贩虽然是低价买来的，但他在转卖给旧货店的时候赚了一把。而不仅要付房租、税收，自己还要赚钱的店老板自然更要猛抬价格了，水涨船高，轮到工友们想去买的时候，那已经是到了让人不太舍得花钱买的地步了！

　　小伙子的工棚里有了电视机以后，工友们羡慕极了，他们都希望也买到一台这么便宜的电视机。小伙子隐隐觉得这里面有某种商机，于是每天下班后，他不再直接回工棚了，而是经常去一些工地和外来人员比较聚集的地方观察他们的生活，他发现许多外来者的生活都非常单调，舍不得买东西。他的想法渐渐在心里成熟起来！半个月以后，他辞掉了工作，买了一辆三轮车，成天在外面转悠，用低价格把旧电器从居民家收购回来，然后用低于旧货市场的价格直接转卖给一些工地上的民工，一个月下来，他竟然赚了六千元。

初步的成功让小伙子看到了前景，在这个流动人口占一大半的城市里，那是一个多么巨大的市场！随后，小伙子印制了不同版本的两套名片，一套用来联系收购业务，一套用来推销旧货。他一边收购旧家电旧家具，一边发名片，渐渐地，业务越来越大，后来不得不叫上老家的父母过来帮忙收购，而他则在外面联系销售渠道，物品主要卖给和他一样的民工。

小伙子在收购时注重物品质量，再加上推销的东西价格便宜，他的名气渐渐大了起来，有不少外来的白领都愿意选择从他这里买一些旧家电使用。仅两年时间，他的净收入超过了二十万元，成功得到了人生中的第一桶金！

随后，小伙子在城区租了一个门面正式开办旧货行，因为有了些名气，他的生意异常火爆，短短几年，一个原本在工地上拌水泥的打工者很快成为了一位富拥百万的成功商人！

八个人的希望录像

文 / 一路开花

这八个人，第一次面对镜头，显得有些拘谨。

谈及希望这两个字时，他们会有点儿害羞，有点儿恍惚，甚至躲闪镜头。

她，河南人，住在北京清河，每天凌晨三点起床，五点赶到北影厂门口摊煎饼，一摊就是七年。风雨无阻。她希望有更多人来买煎饼，这样，她就可以多赚几块钱，让念书的孩子吃好点。

他，58岁，没有老伴，无儿无女，在公园做了五年的绿化工。他每天的饭菜就是馒头、萝卜、白菜、粉丝……偶尔，他可以攒起一堆易拉罐，赚点小钱。他希望每个星期都能吃上两次肉，不管是猪头肉还是牛肉。

他，18岁，学习成绩一般，高中毕业后，上个大专。他利用暑假打工，当了两个月的保安。他希望在学校里学有所成，将来走向社会当个公司的小职员。

他有点胖，三十来岁，是个出租车司机，每次大班要连续不工作十八个小时，跟女朋友一周约会一次。效益好的时候，每月交完租金，剩余三千块钱。他不知道还能做点什么。最好一个月好好休息两天，希望自己的女朋友能够理解他。

他，20岁，成天穿件红色的 T 恤在北京的天桥上及小区里发广告。不管大雪还是暴阳，他都得一直在街上，跟来往的路人说："您好，麻烦您看看。"每当遭遇白眼和呵斥的时候，心里就会很难受。他是个外乡人，没办法，为了糊口。他的愿望是能找一个稳定点的工作，不再让家人担心。

他是街上的一个卖唱歌手，吉他是他每天晚上唯一的伙伴。收入要看当天的运气和客人的心情。有时碰上小混混，唱了半天，一分钱拿不到不算，还得请他们喝啤酒。他希望路人能给卖唱歌手一些尊重和支持。

他是一个应届大学毕业生，24岁，来北京投了两百多份简历，仍没找到工作。《北京人才市场报》是他每天必看的报纸。他还在投简历，继续在各大招聘中心徘徊。不管干什么，最好明天就上班。

他是个裸婚族，25岁，上月儿子刚出生，一家三口住在十五平方米的房子里。他是个送水工，希望每天多送点水。五百桶，一千桶，甚至更多。一桶水，他可以提两毛钱。很多时候，是从一楼搬到六楼，没有电梯。问他累不累，他笑笑："男人的肩膀硬得很。"

这是真实的八个人。在杨嘉松的《我希望我的希望不再只是希望》里，他们的每一张脸都镌刻着未来，他们活在这个平凡的世界里。

他们没有绝望，我们有什么理由放弃希望？

放弃成为世界首富的男人

文 / 一路开花

    1856 年 7 月 10 日，他出生在克罗地亚的一个普通家庭里。当时谁也不曾料到，这个仅是因为能飞快得出复杂试题精确答案而被老师们误认为是作弊的男生，竟会成为后来伟大发明家爱迪生所嫉妒并刻意打压的对象。

    他所创造的交流发电机不仅战胜了爱迪生的一切阻挠，取代其先前发明的直流发电机，更为人类开辟了一个崭新的电力时代。他使远距离传输电流不再是遥远的梦想。

    他在短暂的一生中，先后取得了近千项重大发明，其中包括迅速推动人类科技发展进程的交流发电机、无线电、X 光摄影、电子治疗仪、雷达、飞弹系统以及改变全世界生活方式的移动电话和互联网。

    当代科学家们，仍在不断地实践他一百多年前就已经提出的理念。

    1901 年，亿万富翁皮尔蓬·摩根在参观了他的实验室，听取其构想之后，立刻出资兴建了一座高塔。这座高塔，就是著名的"跨大西洋广播系统"。对于他来说，这些还远远不够。他的内心深处，还匿藏着许多更为远大的目标。

    他梦想在全世界建造五座这样的巨塔。如此一来，便可以实现全球信息的无线交流。

"这个项目一旦完成，一位远在纽约的商人可以口授他的指令，并在另一个地方打印出来。譬如，在他的伦敦办公室，将有能力呼叫世界上任何一个地方的任何一名用户。接收器不会大于一块手表。无论是陆地还是海洋，都可以随意接听一段现场的演讲，或欣赏在其他地方演奏的动人音乐。不管距离多么遥远，它可以确保任何形式的画面或者文字实现精准的传输。"

他所谈论的，正是今日互联网的原型。但他最主要的理想，还是实现能源的无限传输。如果达到这个目标，那么只要在距离发射塔终端很远的某个地方插一根棍子，然后打开开关，就能轻而易举地做到与终端产生共振，释放电能。

借助这个系统，可以让干旱的沙漠得到灌溉，点亮海洋航线上方的天空，推动汽车和飞机前进，甚至建立星际生命之间的联络。但遗憾的是，这项工程的总投资远远超过了皮尔蓬·摩根所能提供的规模。

他没有气馁。不久后，在纽约附近的长岛，一座名为沃登克里弗的新型巨塔开始修建。他迫不及待地在这座仅仅完成一半的巨塔上开始了实验。

1903年夏天，这座神秘之塔几乎让全纽约的市民精神失常。它不断地向周边数百英里的天空发射恐怖的人造闪电。亚特兰大的夜空亮如白昼。

人们怨声载道，记者们纷纷声讨他，说他的行为缺乏道义。而那位唯一支持他的亿万富翁摩根，也在了解其真正意图后撤走了所有投资。很快，他的实验设备因抵债而被搬走。

屈于贫困的他，情绪一直处于低落状态。四年后，他终于再度信心满满地恢复了在沃登克里弗广播塔的试验。

他重新调整了这个巨型装置。令人难以想象的是，这个庞大的电容器竟能不费吹灰之力地聚积起一万安培的电流脉冲，并且它的电压一直保持在一亿伏。也就是说，它可以简单地制造出一万亿瓦的电能。

当代著名物理学家德米特里·斯蒂布科夫说："一百多年前，他就能以脉冲的方式输送一万亿瓦的电力。对于今天的社会来说，仅这项发明，就足以让全世界的科学家们望尘莫及。我们最多能输送一亿瓦的电力——只相当于他的千分之一。我们很高兴拥有了三百万伏的发电机，但他却可以轻轻松松地达到一亿伏。"

二战的爆发，使全人类陷入了前所未有的灾难之中。这时的他，已经细致研究过多功能能量站建设，完全有实力保卫任何一个国家的边防线。这种全新的以光束形式传播的能量，体积仅为人体发丝直径的百分之一。它不仅能探测出二百五十公里以外的一架飞机发动机的存在，并且能彻底摧毁包括大型轮船，飞机之类的军队。

他开始向各国政府宣传他的新理念。他希望英国、美国和苏联能够联合起来共抗德国。最终，在美国政府两个工程师的努力下，一个讨论该发明的白宫高官会议计划在 1943 年 1 月 8 日召开。事实上，这个会议永远没能举行。因为在当年的 1 月 7 日的晚上，他在纽约的住所中安然地离开了人世。

他就是甘愿放弃成为世界首富的机会，而将交流电发明专利免费公之于世，并被誉为"现代科学之父"的旷世奇才——尼古拉·特斯拉。但可悲的是，这位一生致力于人类科学，导致终身未娶的天才，生前不仅饱受各界人士的刻意打压，死后亦是默默无闻。

到底是什么迫使我们遗忘了尼古拉·特斯拉？

良好的人脉

文 / 于德北

大概是十几年前，台湾一位成功学教授来长春讲课，我从朋友那里要了一张票，赶到文化活动中心的小剧场听课。教授的演讲声情并茂，让我很受感染。

那堂课我听得很认真。

那时，我第一次从他那里听到"人脉"这个词，觉得异常新鲜。

我由这个词检点自己，为什么总是在无意间就把人得罪了，除了个性太强，就是没有更好地接受"人脉"教育。"人脉"不是虚情假意，不是阿谀奉承，而是从心底尊重彼此，帮助彼此。

这是我听课最大的收获。

成功学教授举了一个例子，其主人公的名字我记不清了，就用字母代替吧——不礼貌了，先说一声：对不起。

美国有一个专门做办公用纸——信封、信纸、便笺生意的推销员，名字叫 M。M 平时很注意自己的人脉建设，对每一个朋友，他都乐于奉献出自己热情、幽默、自信的一面。他有好几个密码箱，整整齐齐地放在办公桌旁，这些箱子不是用来装钱的，而是用来装名片的；他有一个良好的习惯，每天早晨起床后的第一件事便是打开电脑，给这一天过生日的朋友发一封贺电——在他的资料库里，不但有朋友的种种信息，还有朋友的亲人的种种信息。如果是朋友的亲人过生日，或者有什么值得纪念的日子，他的贺电一样会及时而准确。

朋友们都很喜欢他。

可是，也有例外，有一个朋友不喜欢他，认为他这一套太虚伪。朋友是一个拥有五万员工的大公司的总经理，他对M的拒绝无疑让M遭受着巨大的损失。

这一天早晨，M起床后，和往常一样打开电脑，他检索出一条信息，今天是朋友的儿子的生日。他不敢怠慢，马上去看孩子的相关资料，知道这个孩子喜欢篮球，最大的梦想是得到一个有乔丹签名的篮球。

M立即从自己的朋友堆里找到了乔丹的教练的电话，第一时间把电话打过去。球队正在训练，教练听了他的要求，很爽快地邀请他来训练馆，并许诺说，不仅乔丹可以签名，他的队友也可以把名字一并签上。M喜出望外，即刻驱车前往，很快便拿到了这个有特殊意义的篮球。

他又给朋友家挂了电话，不想是保姆接的，保姆告诉他，孩子不在家，因为阑尾炎手术住院了。M问清了医院的房间号码，抱着打好包装的篮球就往那里跑。他轻轻地敲开病房的门，发现孩子一个人躺在洁白的病床上，脸上一点儿生气也没有。

"生日快乐！宝贝！"他举起手中的礼物，"M叔叔要给你一个意外的惊喜。"

"您好，M叔叔。"孩子有气无力地说，"我会有什么意外的惊喜呢？"

M走到病床前，把篮球放在他的枕头边。

"打开看看这里边是什么。"他鼓励孩子。

孩子懒洋洋地打开包装，眼前顿时一亮。当他看到乔丹和他的队友们的签名时，苍白的脸上布满了快乐而幸福的红晕，他几乎是从床上跳起来的，大声欢呼着："啊，M叔叔，您真伟大，您怎么知道……您怎么知道……"他激动得说不出话来。

这时，M的那个朋友，也就是孩子的父亲走进病房，他被眼前的情景惊呆了。

孩子看见父亲，立刻埋怨道："爸爸，你知道M叔叔有多伟大吗？你知道他多么爱我吗？你为什么不使用他的信封呢？是因为质量问题吗？如果不是，我希望你接受M叔叔，因为我也爱他！"

朋友知道了事情的经过，很受感动，他和M签了一个合同——他们公司在未来的十年里，只使用M公司的办公用纸。

——无论你干什么，良好的人脉都是你坚强的后盾！

罐头进来牛出去

文 / 马朝兰

　　1908 年，福特汽车公司的年生产量是九千辆车，位居世界第一，销量根本不用发愁。但由于当时成本较高，生产率又过低的缘故，导致汽车的零售价一直都让普通人望而生畏。因此，很多人都说，汽车真是有钱人的奢侈品！

　　福特深知这个状况，也为此日夜苦恼。他不止一次向别人发问，我要让我的工人也能开得起汽车！怎么办？

　　回答很简单。就是要汽车便宜，就是要降低原材料的成本，就是要提高劳动生产率。可是，如何降低成本？如何提高劳动生产率？

　　这些问题，都得从学习中寻求方法。跟谁学呢？跟汽车行业学，当然不行，福特本身就已经是行业"老大"了，不管是市场占有率，还是汽车生产方式，在该行业都是处于领先地位，实在没什么可学的！

　　为了让每一个工人都开得起汽车，福特决定放下老大的身份，去跟各行各业学习。虽然他很认真地学习，但实质上，对于提高生产率并没有什么作用。

　　一天，福特来到一家屠宰场。他看到一头牛被几根绳子吊了过来，牛转过去，头没了；再转过来，皮没了；又转过去，肠子肚子出来了。接着没多久，牛肉罐头出来了，福特一看，感慨道："哇，太神奇了！牛进来，罐头出去！"旁边一个随从听了之后，很不屑地说了句："没什么了不起啊，有本事罐头进来，牛出去！"

说者无意，听者有心。福特由此开始了伟大的构想："做汽车不就是这样吗！螺丝、铁板、弹簧等零配件进来，最后是整车开出去。"

后来，福特根据屠宰场的流水线经验发明了汽车生产的流水线。结果，这个伟大的发明，大大提高了企业的生产率。这个发明，一直被沿用到了今天。

很多时候，我们缺少的往往不是一条新的路，而是缺少找到这条路的方法。

要创业先就业

文 / 马朝兰

念大学的时候，就感觉他和周围的其他男生有所不同。不论旁人在谈论什么问题，他都从不争辩。总是微笑着，一脸期待地细心聆听。

新生演讲比赛的时候，他在最后报了名，很多人都去当了观众，目的只为看他的笑话。当天，坐在台下的人全傻了，谁也没能料到，在生活中沉默寡言的他，在台上竟能说得头头是道，口若悬河。

他在默默中拿了许多奖项，大学四年，他过得忙碌而又充实。渐渐地，他的能力得到了大家的认可。于是，很多家庭背景比较好的同学便前来邀他一起创业。条件非常丰厚，不用他投资一分钱便能得到年底的三成红利。

我以为，他会答应他们的请求。却不知，毕业后，他竟抛开一切创业的机会，只身去了青岛。一个月后，在网上与他闲聊，才得知他此刻正在青岛啤酒厂里当一名普通的业务员。

起初，他所做的工作非常零碎，统计出货，进货的数目，以及退货的区域等等。干了几个月后，主管忽然要召他见面。他去了，穿着一身蓝色的工作服。

这是他第一次跟在主管身后外出，坐公司的车，见陌生的客户，与客户握手。他有种血脉奔涌的冲动，他多么希望有那么一天，自己可以单独代表公司和客户谈判。

时间过得很慢很慢，但他从不因此抱怨。反而，他很冷静地把每一次外出都当成了重要的课程。他细细观察客户的表情，听主管人员的解答，熟记每一笔单的流程。

主管也会失败。但久经沙场的主管早已习惯了这样的失败，他不会因此而沮丧，只会将更多的精力放到下一名客户身上。但他不一样，他随身带了一个小本，回程的时候，便细致地将那段失败的过程慢慢回放，而后总结失败的经验。

是主管的哪句话惹客户不高兴了？客户为什么不接纳这么好的青岛啤酒？这句话昨天不也在说吗？为何同样的话放到今天来就失败了呢？如何从察言观色中把握客户的心理？

在本子上，他的问题多得不计其数。他每天就这样忙碌地过着，不断总结，不断提问，不断回答。

一年后，他被分到了另外一个区域，负责该区域的销售工作。平生他第一次坐公司的车外出跑单。他的第一个客户，是一个非常爱斤斤计较，且对他人不抱信任的中年妇女。下单前，她提了很多问题，他一直微笑着耐心解答。最后，快签字的时候，他挡住了她手中即将下落的笔尖。他看出了她心中的犹豫不决。

他用公司的车载着她，去了生产车间，带她实地考察。平民百姓，何尝受过这样的待遇？他的主管也曾告诉过他，不要在一名成功几率很小的客户身上花大把的时间，那会严重影响你的业绩。这句话，他从始至终都不同意。

他相信，每一个人周围，都有二百五十个潜藏客户。他们的口碑，远远比你的介绍要有用得多。事实证明，他的理念是正确的。

正当他的事业如日中天时，他主动辞职了，贷了一笔款，自己办了公司。

两年前邀他创业的那些人，不是已经失败，就是正在失败的岸边上徘徊。唯独他，一直走到了今天。

　　他一直把最宝贵的时间用来学习。两年脚踏实地的社会生涯，帮他铸就了成功所需的能力。

隐住你的光芒

文 / 一路开花

两个同寝四年的朋友一道出去找工作，很快，各进了一家私企。同学里无人不惊羡，却又不得不叹服。

入学之时，他俩皆属校园里的风云人物，学习成绩好，年年拿奖学金不说，还能讲一口流利的外语。周末舞会上，他俩永远是最打眼的人物，慢三快三，拉丁探戈，都跳得让人称赞。

很多人说，甲以后的前景该比乙的光明多了，你看他能说会道，时时不忘自我推销，这样的人，做领导的都知道是金子，当然会提拔了。相反，乙在这方面便逊色了许多，他平日不善言语，默默地埋头工作，自己做了多少，收益了多少，从不去炫耀，亦不会过问。很多同事当面都夸他老实，可背地里，大都说他傻。

两年后，甲乙的地位首次出现了差距。甲因才华出众，被破例升为部门主管。而此时的乙，仍旧是个名不见经传、无法参加公司重要会议的小职员。

升迁之后，甲接触的层面越来越广，他仍旧懂得抓住每个机会，时时推销自己。

迎宾舞会上，老板的三步跳得一般，甲微笑着主动上前，热情地当众教他跳舞。在场的嘉宾无不赞叹——如此之人，舞姿竟会那么刚劲利落。

酒场上，老板不胜酒力，三五杯后，面色已微微红润，眼神散漫。他接过老板的酒杯，豪爽地将剩下的酒一饮而尽，并且挡住了当晚所有客户的盛情。

外企入股谈判时，他应邀到场。

老板大抵是上了年纪，虽懂英文，发音却是不够准确，说得也不够流畅，惹得一头金发的客户常常面面相觑。每在这时，他总会为老板救急，将老板的蹩脚英语流利地向对方翻译一遍。

几年后，甲仍是部门主管，可乙却成为公司总监。

很多人诧异，不明所以。

因为甲的自我推销过度，以至于让人有种潜在霸道的错觉。再加上他的急于求成，导致浑身解数使尽，再也给不了旁人初始的惊奇，当然只得安于旧位。而乙的适时与谦逊，不仅能在最紧要的关头一鸣惊人，还能让人心服口服，毫不突兀，自然在掌声中步步高升。

兵法有云"知己知彼，百战不殆"。公司与公司、人才与人才的竞争，实质也未逃出这一道理。你以为积极展示是把握机会，其实已是在向他人表明了你的内在。有才之人，常常会博得旁人喝彩。可一个人的才能终究是有限的，当你把所有本领展露无遗之后，便是你兵败如山倒之时。

任何事物都会有一个可发展的空间与极端。譬如，沉默的极端是无知，自信的极端是自负，主动的极端是霸道，口才的极端是祸根等等。

乙处事的"中庸"之法，让每个心存梦想、渴望一展抱负的人都甘心追随于他。也正是这种有谦恭而不谦卑、有张力而不张扬的态度，赢得了领导的最终信任。

同理，一个确有内在，好实避虚者，在旁人的眼中，越发会成为一个谜团。他们实在不清楚，这人到底有多少能耐，为什么此等全能？于是，由开始的鄙夷，逐步到后来的敬畏。一路上，他不但保持了成功者该有的谦逊，还在无意中赢得了极好的人缘。

商场如战场。当你积极进行自我推销，感觉良好之时，或许已犯了兵家之大忌。因为锋芒毕露之时，旁人往往最不易看清发光的物体。并且，它还全然掩盖住了那些正在努力散发微光、想要证明自己的人们。

一个电话的成功

文 / 李兴海

　　五年前，我跟随一个在商界里面颇有地位的人学习纳才。可转眼一年多过去了，我对于如何招纳人才仍是没有任何头绪。甚至，越来越迷茫，何谓人才？

　　一个春日午后，我跟随他接见一名新客户，商谈新的项目开发事宜。地点是在一个环境优美的山庄别院，车辆无法进入。我知道他有个习惯，每次接见客人，无论对象是谁，他都喜欢提前十分钟到场。很多人难以理解，十分钟算什么。可我知道，对于此时我眼前的这个人，十分钟，足够让一个记者做他的专访。十分钟，他的账户上至少会增加另一个五位数。

　　一般很少有人迟到，因为久经商场的人都知道，第一次的准时见面非常重要，会严重影响到一个项目或一笔买卖的成功与否。

　　离见面还有五分钟。站在窗台仍不见客户踪影的他，让我打个电话过去，看对方到哪儿了，我好下去迎接。我照做了。

　　"喂，您好，请问您现在到哪儿了？"

　　"我到别院门口了，这就上来。麻烦稍等一会儿。"接着，便挂了电话。电话那头的他显然是在匆忙地赶路，那呼呼的风声直接灌入了他的电话听筒，干扰着他说话。

刚挂了电话，老总就问我："他到哪儿了？"

"已经到别院门口了。"我如实回答。

站在他身后，透过窗台，我显然看见几位衣着正统、神色匆忙的中年人，正急急地往别院的路上赶。我知道，这大概就是我们要接见的客户了。

谈判很快结束了，显然我的老总对他们那份颇有新意的构思没有任何兴趣。我非常惊讶，因为这次谈判是我的老总在听了他们的电话后主动提出的，也就是说，他应该对这个项目很感兴趣才对。并且，据我所知，这家公司也是小有规模，强强联合，必然会给我们公司带来利润。

我没多问，因为紧接着，我又按照他的吩咐，给下一位客户去了电话。

"喂，您好，请问您现在在哪儿？现在能及时赶到山庄别院吗？"

"哦，我现在，我现在在外面，不过我很快就会赶到，请你们稍等一会儿。我很快就赶到。再见。"对方在急匆匆的脚步声中挂了电话。电话那头，显然非常紧张，并且对于这次忽然提前的见面有些慌乱无措。

大约十分钟后，老总又站到了窗台。看着稍微有些着急的他，我又拨通了电话。

"喂，您好，请问您现在到哪儿了？"

"很抱歉，我现在刚到山庄的门口，刚把车停下，大约还要五分钟才能到达别院。麻烦您和你们老板说一声，再稍等一会儿，谢谢。"电话那头，同样的呼呼风声。

这次，未等面前的这位男人开口说话，我便把刚才的谈话重复了一遍。

对方的谈判很不成熟。面对这个手下员工过千的老总，他一遍又一遍地提及到在相比之下，他们公司的微薄实力。或许，那个仅有一百多员工的公司，是个事实。但是，这明显已经触犯了谈判的大忌。可令我非常惊奇的是，我的老总显然对他这个没有多少新意的构思很感兴趣。以至于谈判的时间比预算多出了半小时，最后回复决定投资他们的项目。

谈判过后，看着满脸不解的我，他跟我说了实情。对于他们的项目，他并不感兴趣。相反，他感兴趣的是第一位谈判商。只是，一个电话改变了他的初衷。

"他没有说谎，或许，在你下去迎接他时，他已经到了别院门口。但是他的回答，完全是为了维护自己在这次谈判上的初次印象，虽然他的出发点很好，但存有绝对的侥幸心理。而对于我来说，我只相信事实，一个设备的完好，就是代表着每个部件的完好，而不是总体完好。倘若与这样的人合作，我们完美的理念必然要受其动摇。到时，谁来拯救我们这个已经普遍存有侥幸心理的群体？我宁愿选择一个不会走捷径的合作者，让他来传递我们的理念，为我们脚踏实地。让我的员工们都一如既往地相信商场如战场，永远不要期待有奇迹发生！"

总统的守身如玉

文/葛 勇

　　若时光能退回到 1819 年的明媚之夏，我们定然会看到，28 岁的他，经历百般磨难之后，终能与自己一生最心爱的女人订婚了。

　　他双眼含着热泪，牵着她纤长的右手，在一棵无名树下许下了动人的誓言。他说："这一生，我非你不娶！"她笑笑，心里顿时溢出了无数张细密的小网，将困顿的心层层包裹。她坚信，这是可值得托付一生的男人。

　　婚前之恋是他一生里最为甜美的时光。他们不曾料到，这段本可温暖一生的爱情，竟会在短短的几日内猝然夭折。

　　那时，他是个贫困的律师。而她的父亲，在兰斯特开办了一家大型的炼钢厂，赫赫有名，身价百万。她是百万富翁的娇女，父母的掌上明珠。于是，她的父母毫不犹豫地坚信，这个贫穷的律师一定是看上了自己的财富，想通过女儿来谋取他想要的利益。不由分说，冷漠地取消了这门婚事。

　　她开始了以泪洗面的生活，并试图通过劝说的方式来让父母知道自己非他不嫁的心意，但均以失败告终。他绝望极了，整日浑浑噩噩地过着，似乎，生命已到了尽头。

　　1819 年 12 月 2 日，他们终于得以见面。可一向温柔懂事的她，竟忽然变得蛮横起来。他们莫名地小吵了一架。他不知道，那是她的良苦用心。她希望这样，他便能放开她，去追逐自己想要的幸福。

他却丝毫不曾退却，每日都在小楼的不远处等着她。他相信，有那么一天，她的父母会被感动，会明白他之所以爱上她，全然不是为了金钱。他想，他可以这么一直等下去，直到白头。

1819 年 12 月 9 日，也就是他们别离后的一周。她在费城无故逝世，死因不明。有人说，她是吞服鸦片过量而死，也有人说，她是因情悲绝自杀。

他的生活顿时天崩地裂。他不知道要用何种方式来缓解自己内心深处缠绕不去的忧伤。百般无奈之下，他鼓足勇气给朋友写了一封啼血之信，信中如此说道："没有她，生活现在对我来说成了凄凉的空白。我的希望全被切断了，我觉得，我的幸福将和她一起葬进坟墓。"

为了表示他的真挚之情和无限哀思，他给她的父母写了封信，要求出席葬礼。但遗憾的是，这位身价百万的父亲不仅毫不领情地将原信退还，还把女儿的死因归结在了他的身上。于是，他在凄惘中发誓："既然她已死，我将终身不娶！"

为了治愈潜藏在内心的创伤，为了向她的父母证明自己的真心，他毅然放弃了律师的职业，涉足政坛，开始了艰难而又复杂的政治生涯。不管怎样的苦楚，都不能让他消却心中的信念。他相信，她一直在不远处审视着他，鼓舞着他。

他从州议员到国会议员，再到民主党保守派领袖，再到参议院对外关系委员会主席，先后出任俄国、英国公使，以及波尔顿任职总统期间的国务卿。他曾三次竞选美国总统，皆以失败告终。他始终不怨不弃，终于在第四次，也就是 1857 年如愿以偿，问鼎白宫。

这一年，他已 66 岁高龄。他在用行动证明了自己能力的同时，也向她的父母作出了最好的答案。他用一生的光阴表明了自己当日与她结为连理的初衷，以及对爱情的坚贞。

倘若女人为情守寡一世，可谓守身如玉，那么，他这悲凉的一生，又何尝不是？

这位痴情六十年的男子，乃是美国的第十五届总统詹姆斯·布坎南。而那位让他魂牵至死，并为其走到政坛顶峰的女子，名叫安尼·科尔曼。

成长比成功更重要

文 / 葛 勇

　　她名叫莎莉·拉斐尔，自小便立志要成为一名电台主持人。可遗憾的是，当时美国的所有电台都只聘用男性。因此，当她成年涉足这个领域之后，只能遭到永无休止的拒绝。

　　后来，一次偶然的机会，她终于被一家电台破格录取了。她大喜过望，如同抓到了救命草一般。她暗自下定决心，要把所有热情和精力都奉献于这个职业。可事与愿违，已经习惯了男性播音员的听众们，无法接受她的忽然出现，很快，她便被电台以"跟不上时代"为由，漠然辞退。她的人生，又再度陷入了一片黑暗与空虚。

　　无路可寻的她，辗转来到了波多黎各，她以为，她将会在这里找到希望的种子。可命运再一次给她出了一道难题——在美国长大的她，根本不会西班牙语。

　　她不愿放弃最后的光亮。潜心苦读，花了整整三年的时间来学习陌生至极的西班牙语。后来，在波多黎各，她终于得到了一个外出采访的机会。这个在她看来是至关重要的采访，实质仅仅只是一家通讯社委托她前去多米尼加共和国采访正在进行的暴乱，就连途中的差旅费，也是自掏腰包。

有人认为，她一定是想工作想疯了。

鼓足勇气之后，她主动找到了一家广播公司的负责人，并向他谈起了自己的节目构想。许久之后，这位负责人终于对她的构想产生了兴趣，微笑着告诉她："公司一定会喜欢的！"

她开始了兴奋异常的等待，她甚至已经想好，第一个节目该说些什么。可不幸的是，这位广播公司的负责人，在说完这句话之后，便不明离去。她的美梦，又再一次被冷酷的现实所击碎。

无奈之下，她又找到了该公司的另外两名负责人。经过艰难的商讨，虽然该公司同意让她试试，但却断然反对她主持娱乐节目。始料未及，她只能做自己根本不擅长的政治主持。

她对政治真是一窍不通，但她实在不想放弃这份来之不易的工作。于是，她又和当年初到波多黎各一般，开始了昏天暗地的恶补计划……

1982年的炎炎烈夏，她的以美国独立纪念日为内容的政治节目开播了。顿时，她轻松坦诚而又爽朗的风格如同一道别样的凉风，席卷了所有听众。

有越来越多的挑剔者接受她，喜欢她，甚至在节目时间打进电话，真诚地与她探讨当前的政治问题，乃至总统大选。要知道，这在美国电台的历史上，是绝无前例的。

美国"全国广播公司"破格留下了她。她几乎一夜成名，她所主持的节目，也成了全美最受欢迎的政治节目。可很少有人知道，在此之前，她曾足足饱受了十八次被炒鱿鱼的苦痛！

如今，她是美国一家自办电视台的节目主持人。在美国、英国及加拿大，每天都有八百万听众收看她的节目。而她，也凭借独特的风格和娴熟的语言技巧，两度拿下被誉为"埃美金像奖"的全美主持人大奖。

试想，如果没有这十八次颠沛失业的成长经历，还会不会有后来享誉全美的莎莉·拉斐尔女士？

谢谢你曾那样嘲笑我

可是，记住，别拔它，就让它插在你的心上，然后忍住痛，跋涉。当你跋涉到一个高度的时候，你的热血会沸腾，会变成一股烈焰，熔化那把尖刀。

退步是最有效的进攻

文 / 马朝兰

在《墨子》一书中，有一章节叫《非儒》。在此章节中，墨子不留余地地批判了儒家的一切思想，甚至指名道姓地说圣人孔子是伪君子。书中以事例、辩论等方式来说明儒家学派是伪学派。

书中，我们会惊奇地发现，所有的故事或者辩论，最后都是以墨家胜利为结局。我们似乎会想，是不是儒家真有那么不堪一击，轻易被人戳中要害？

孔子弟子三千，墨子弟子三百，论实力，墨子远远不如孔子，虽然孔子与他的年龄整整相差八十，但如果真动起干戈来，似乎墨子远远不是孔子的对手。再者，墨子的朋友多是穷苦百姓，而孔子所结识的，均是各国的首脑人物，后台坚固，不容小觑。

那为何，孔子的弟子不曾作出反抗或者回击呢？我们前思后想，百思不得其解。后来，历史告诉了我们。儒家用沉默作为退步，以事实来证明"博爱"的主张比墨家的"兼爱"思想更合乎人性。

孔子胜了，赢得千年美誉。这一步，退得空前绝后。

鲁迅和陈源是死对头。早年，陈源曾无凭无据地指责鲁迅抄袭，说他的《中国小说史略》就是抄袭日本学者盐谷温的某本学术著作。鲁迅不但是一个嫉恶如仇之人，而且十分在乎自己的学术和文字。心中很是愤怒。

并且，两者的政治立场更是注定了他们不可调和的关系。陈源继续攻击鲁迅，不惜笔墨和唾液。但鲁迅似乎除了愤怒和最开始的反击之外，几乎没有在他的其他著作中留下任何关于此事的影子。有人说，鲁迅宽宏大量，原谅了他。实质不然。

历史的长河汹涌奔流。到今日，我们似乎越发地明白鲁迅当年的用意。他以无视作为退步，不但赢得了万千读者的尊重和敬仰，更赢来了后人的美评。

比尔·盖茨的成功，似乎在此时看来是事物发展的必然，但在当时，并没有获得多数人的支持。甚至，有人说他是一个"狂妄自大的小子"，连哈佛大学的毕业证都不要，以后他的人生势必要走过无数坎坷，并且，穷困潦倒。

他在人生的路途上退了一个大步。不但退学，还丢弃了一个可以和全世界尖端人才交流的机会。但今日，历史已向我们证明，他的退步，是一种知己知彼的无比睿智的体现。他依靠这一个退步，创造了辉煌的人生。

我们再试着去想想，历史上关于退步的故事，其实很多很多。"退一步海阔天空"的真正寓意是，在退回一步之后，预备博取前方更为宽广的天空。

日常生活中，我们倘若要向前飞奔一大步的时候，我们需要做的准备动作是什么？毫无疑问，那便是向后退出一大步。因为我们知道，"将欲取之，必姑予之"。不论是从人性、商业，还是学术的角度来看，退后一步，往往不代表着退出。这种表面看似无奈之极的退让，不但涵盖了从容的生存智慧，还孕育着一种最为猛烈、无法防守的进攻。

别想你做了多少

文 / 李兴海

大学毕业没几个月，我便进了一家中外合资企业。据说，企业每三年都会对新职员进行一次别开生面的调配。不过，调配的名额极其有限，大概在百分之二这个微弱的概率间浮动。

这个调配不是所谓的新职员调动、升职、加薪，而是带薪跟随公司要员，甚至总裁到国外学习理财和投资。所有吃住费用，由公司全权负责，必要时，还可以动用紧急资金以解燃眉之急。

这几乎是所有新进职员的梦想。想想，对于我们这些毫无实践经验的职员来说，别说去国外学习投资和理财，哪怕是和公司要员秉烛夜谈几次，那也将受益匪浅。第一，你在无形中与上层拉近了关系。很多时候，升迁分房问题，不就是他们一句话一提笔的事情吗？在同等条件的情况下，他们当然会优先选择那些有所接触、有些交情的下属。第二，他们对人生和事业，必定有着自己独特的见解，你可以从他们独到的见解中，迅速寻找到自己在公司的目前定位和今后该走的路。

说实话，对于三年后的职员调配，我几乎想都不曾想过。因为，此次所进的成员里，就我的学历最低，大学本科。其他的，不是工商管理硕士就是金融贸易的高才生。最重要的是，我不但学历低，还根本不对口儿，在大学里所学的专业是汉语言文学，在公司干的是文员。而公司调配到国外的，都是学投资、理财，还有管理的。

大家心照不宣。各自都明白，这次百里挑一的机会要是落在谁的身上，那么归来之后，相应部门的副经理或者主管，非他莫属。试问，这样一举多得的机会，谁不想争取，谁不想得到？

他们开始频频表现自己。譬如，在会议上踊跃发言，大胆阐述自己的见解，对市场、对产品搭配的看法。譬如，在公司联欢上绞尽脑汁，崭露头角，唱歌或者跳舞，试图让领导记住自己，并对此有所褒奖。

几乎所有能表现自己的招势，能展露自己才华的机会他们都用上了，都抓住了。现在可说是"万事俱备，只欠东风"——只待有人上前推荐，让上层领导挑选，便可平步青云，就此飞黄腾达。

他们的计划或是项目只要为公司赢取了小小的利益，他们便会大胆上前，要求加薪或者升职。任何人都知道，趁热好打铁，对于这些惯于在职场里勾心斗角的人来说，他们更加明白如何在最合适的时机"自抬身价"。

他们都成功了。当第一个人以能力主动赢取了加薪之后，后者纷纷效仿。两年半之后，新进的百位职员里，只剩我和另外一位小伙子原地踏步。我们时常懊恼、沮丧，可想想，没什么可懊恼的，因为总觉得自己并没有做多少事儿。

三年如期而至。全体会议上，从总裁口里念出的调配人员的名字，几乎让所有员工都大跌眼镜。一个是我，还有另外一个不论是薪金还是职位都仍在原地踏步的小伙儿。

散会之前，总裁说了一句意味深长的话："在为公司付出时，别想你做了多少。如果你真把公司当成是你生命的一部分、你的家，你热切地爱着这份工作的话，就不会去时时计较自己的付出与回报是否平等。再者，你切实做了多少，所有人心里都有杆秤为你量着！"

被谎言成就的人生

文 / 马朝兰

他在念大学之时，学的是经济学。但是，他的成绩并不拔尖儿，甚至还有些驽钝。他开始厌倦一切学科，甚至觉得自己根本就不是研究经济学的料儿。

一次课上，教授讲解微观经济学里的某一环节。他坐在教室里发呆，恍然看到了书中有一个人名，那便是当今在学术界赫赫有名的鲍伯尔教授。

他顿时心生仰慕。心想，如此有成就的人物，一定有着非同一般的洞察力和社会经验。于是，他很想跟教科书上的鲍伯尔教授见个面，哪怕是说上几句话都好。这个念头，让他恍惚了很长时间。

后来，一次机缘巧合之下，他得到了这位教授的地址。那些天，他几乎把自己一生想要说的话都逐一整理了一遍，而后挑拣重点，写成书信，邮给了这位鼎鼎大名的经济学教授。

说实话，他未曾梦想过回信。只是需要有那么一个博学多才的对象听他诉说出心里的困惑。许多天后，颓靡的他收到了一封特别的越洋信件。他几乎不敢相信，这位纵观古今的教授，竟然给他写了回信！

末尾，这位教授说了这么一段让他热血沸腾的话——

"一个年轻人有如此之冲劲，日后一定能成为伟大的经济学家！"

他简直不敢相信自己的眼睛。如此名满世界的教授，不但耗时给他写了回信，还预言他一定会成为一位伟大的经济学家。对于这位教授说出的话，他没有半点儿怀疑。他相信，这位教授一定是依靠过人的智慧和敏锐的洞察力得出的这个结论。既然他有着那么高的天赋异禀，为何不好好学习，将来成就一番事业呢？

从那天开始，他宛然脱胎换骨，如同换了一人。他努力学习课堂上教授所传达的知识，课后复习，巩固。利用课余时间寻找大量的资料，求证，思考。没有人知道他为何有着如此巨大的转变。只有他知道，是心里的一颗梦想的种子正在破土发芽。

大学四年，他每一个时刻都在暗自告诉自己，一定要凭借优异的成绩在毕业之后出国留学，攻读博士。

苍天不负有心人。他终于凭借自己的汗水与努力，拿到了美国诺顿商学院的录取通知书。几年之后，他因表现突出，被聘请留校任教。

兴许是命运的捉弄，他竟然在那个时刻，遇到了当年给他回信的鲍伯尔教授，并与他成为同事。那时的他，已经在许多刊物上发表过论文，小有名气。可这位鲍伯尔教授并不知道，这就是当年给他写信诉苦的中国大学生。

他喜出望外，拿着当年鲍伯尔教授给他的回信，特意登门拜访，打算一报当日恩情。殊不知，这位被他视为有再造之恩的教授却在得知此事后诚惶诚恐地说："对不起啊，对不起，我当年都是胡说八道的！"

顿时，天旋地转。可这一切，已经成为过去，再不可重返。即便这真的是一个天大的谎言，他仍旧感激，因为，正是这个谎言，成就了今日的他。他便是今日的长江商学院教授及香港中文大学财务学讲座教授，被媒体尊称为"郎监管"的一生致力于保护中小股民正当权益的经济学家——郎咸平。

创新不是急于求成

文 / 马朝兰

　　他是经理亲临点将的员工。他的才华和胆识，确实远远超出了同届的许多应聘者，尤其是他在项目策划上的远见，更是让诸多在职员工都望尘莫及。

　　进了公司之后，他整日想着要如何一鸣惊人，毕竟，在这个市场化的社会大潮中，没有真才实学，是很难站稳脚跟的。尤其对于一个有满腹才学的人来说，更是巴不得抓住每一个机会，释放自己体内积聚的能源。

　　他不舍昼夜地做了一个自认为是天衣无缝的策划案，他相信，这个项目如果投资上市的话，一定能为公司带来丰厚的利润。甚至能开辟出另外一块让人垂涎的市场。

　　出人意料的是，这个在他看来是完美无缺的策划案，竟遭到了部门组长的反对。公司的每一个项目申请，都有着严格的程序和规定。首先，得向小组提交申请，小组调查确认可行，才能提交部门经理。部门经理许可后，才有机会进入每周一次的高层领导例会，集体探讨方案是否可行。

　　如今，他辛辛苦苦做出来的项目策划案，连小组都过不了，谈何进入高层领导例会？他实在不平，甚至想大声叫冤。要知道，他可是由总经理亲自点名招募进来的员工。再说了，这个小组组长的业绩，他也有所听闻，整整半年，没有一点儿突破。由此可见，此人的眼光一定有问题。

于是他想，我不能创新吗？这样陈旧的审核方案，是需要打破和更改的。于是，他不顾一切地在高层领导例会之后，将这份备受争议的项目策划案，递交到了总经理手中。

如他所愿，他的策划案虽在会上引发了激烈的争论，但最终还是决定投入市场。实践后的结果告诉他，这个项目并没有为公司创造多大的效益，相反，还浪费了不少人力物力。对于新开辟出来的市场，如果从效益的角度的来看，真是得不偿失。

最让他头疼的是，由于他那一次的冒失之举，公司的许多高层领导都受到了不同程度的干扰——许多被部门打下来的策划案，纷纷以不同形式递交到了他们手中。出于自身地位的因素，他们不得不将这些自命不凡的策划案细细翻开。

他的创新，不但没能使公司的管理制度更加优越，反而增大了公司高层领导的工作量，激化了部门员工和部门领导之间的矛盾。

结果可想而知，他在丧失部门支持的情况下，遭到了淡然的辞退。原本可以大展宏图的一个机会，就这样被错误的创新观念无辜抹杀了。

创新，是创造新的机遇，而不是在旧的机遇上，急于求成。

谢谢你曾那样嘲笑我

文 / 纳兰泽芸

英国哲学家托马斯·布朗说：当你嘲笑别人的缺陷时，却不知道这些缺陷也在你内心嘲笑着你自己。

诚哉斯言！

我们留意一下就会发现，那些喜欢嘲笑别人的人，往往一辈子毫无建树，无声无息地消逝于时间的河流里，泛不起哪怕一丝浪花。

而往往那些被嘲笑的人，却奋发图强，逐渐以顽强的生命力在痛苦的泥淖里，开出了夺目的人生之花。

耶鲁大学博士、台湾大学哲学系教授、影响全球华人的国学大师傅佩荣教授，在海内外进行国学演讲两千多场，在教学、研究、写作、演讲、翻译等方面都取得了卓越的成就。他的"哲学与人生"课在台湾大学开设十七年来座无虚席。2009 年，受央视邀请在《百家讲坛》主讲《孟子的智慧》，得到广泛认同。

然而，就是这样一位成就卓著的学者和演讲家，却曾经饱受嘲弄与歧视。

傅佩荣从小讲话有一些口吃，这常常被人视为笑柄，嘲弄的话语与眼神曾经深深刺伤过他的心。后来，他经过多年奋斗终于成为众人敬仰的作家、教授、演说家。

然而，他仍然保持着极其谦逊和为他人着想的习惯。某次在一个炎夏之日他赴一个访谈之约，赤日如火的天气他仍坚持穿着笔挺的西服。接受访谈时，因未设麦克风，他只能大声说话，到后来嗓子都哑了。他说：坚持穿西服正装和大声说话，是对台下观众的尊重。没有麦克风，如果不大声点，观众就会听不清。

许多人都说傅佩荣谦逊，没有名人的所谓"大架子"，他说，曾经口吃的痛苦经历使我改变了两点：一、我终生都不会嘲笑别人，因为我从小被人嘲笑，知道被嘲笑的滋味，现在就没有什么优越感。第二，我非常珍惜每一次说话的机会，因为我曾经不能说话，所以现在当有机会表达的时候我就会很珍惜。

同样从小有着一些口吃的美国副总统拜登，曾经也是受尽了别人的嘲弄与讥讽。读书的时候，需要在课堂上当众朗读课文的时候，他读不出来，引起哄堂大笑，还被许多人起了难堪的外号。上高中时，学校里每天早晨有一项活动，让每个学生在全校学生面前作自我介绍。然而，由于拜登口吃，老师干脆不让他参加这项活动了。

当所有的同学都在操场上，只有他一个人被留在教室里，他难过得落泪，他觉得自己就像被戴了高帽子站在墙角挨罚一样。他决心一定要摘除这个命运强加给他的"紧箍咒"。他以极大的毅力坚持每天对着镜子朗诵、背诵大段大段的文章，天长日久，他不但摘除了口吃这个"紧箍咒"，而且为日后成为一名出色的演说家奠定了坚实的基础。

生于一个爱尔兰移民家庭，父亲不过是一名普通的推销员，没有任何背景与资历的他，30岁，就成为美国国会最年轻的参议员。

后来曾两次参加总统选举，虽然没能胜出，但赢得了对手奥巴马的尊重，奥巴马非常欣赏他身上那股坚韧、正直且不乏柔情的劲儿。

成为万民敬仰的出色演说家及国家副总统之后，拜登说："现在回忆起来，口吃使我难堪的那段日子，即使能够避免，我也不想避免。这个毛病最后变成了上帝对我的恩赐，使我在别人的嘲弄里，成为一个更好的人。"

被人嘲笑是痛苦的，然而，正是这种痛苦是一种人生的推动力，催人奋进，激发潜能。

"刘伟"这个平凡的名字，却因一句"要么赶紧去死，要么精彩地活着"的话而不再平凡。

一根高压电线无情地把刘伟永远放置在没有双手的人生节点上。

他准备轻生过，然而，所有的苦难他都挺过来了。他学会了用脚做日常生活里几乎所有的事，洗脸、吃饭、刷牙、写字、用电脑……

12 岁时开始学游泳，14 岁就在全国残疾人游泳锦标赛上获得两金一银。正当他踌躇满志要在 2008 年残奥会上夺下一枚金牌时，医生告诉他，曾经的高压电对他的身体细胞有过严重的伤害，如果再这样高强度地训练，可能会导致机体免疫力下降而患上红斑狼疮或白血病的可能。

临近高考，他明白自己这样的情况一般高校是不收的。于是他想到了自己的另一个爱好，音乐。然而去哪儿学音乐呢？连双手都没有的人，还想学音乐，那不是天方夜谭吗？

公立音乐学校想也不敢想。费了许多周折，终于找到一家私立音乐学院。当他满怀希望地表达了想入学就读的愿望时，那位负责人瞟着他，鼻孔里哼着冷笑，说了一句话："你进我们学校学音乐，只能是影响校容！"

这句话像一把刀子深深扎进了他的心。

他没有立刻将那把无形的刀从心里拔出来，只是说了一句："谢谢你这么歧视我，我会让你看看我是怎么做的！"

他把那把刀留在心里，让那刺心的感觉，一次次，一天天地提醒自己：只有自己的行动，能够给嘲笑自己的人一个响亮的耳光；只有自己的成功，才能是熊熊烈焰，将这把刺心之刀烧熔。

无数人用手弹钢琴，弹了几十年也没弹出什么名堂。而他，光着脚用脚趾弹。脚指头一次次磨破，钻心地疼，可他仍没有停止。红的血留在琴键上，他觉得那不算什么。那点儿痛，与心上插把刀的痛，不能同日而语。

他用一双脚泅渡人生，将自己一步又一步泅渡到"音乐圣殿"——维也纳金色大厅。当他的琴声在金色大厅里铿锵响起时，当观众们热泪盈眶地报以经久不息的掌声时，他知道，他心里那把尖刀，开始慢慢地、慢慢地被他的热血熔化。

是的，那些刺耳的嘲笑，那些无情的眼神，似一把把的刀，刺进你的心。

可是，记住，别拔它，就让它插在你的心上，然后忍住痛，跋涉。当你跋涉到一个高度的时候，你的热血会沸腾，会变成一股烈焰，熔化那把尖刀。

然后，你含着热泪回望。笑吧——那些曾经嘲笑你的人，渺小得早已不在你的视野之中。

把自己当成水泥

文 / 纳兰泽芸

　　一个人不懂电脑，更不懂什么软件、硬件，却在互联网领域创造了一个商业神话。一个从师范学院毕业的人，没有高学历，却从一个英语老师变成了卓越的企业领导人；一个从浙江小镇出生，小时候人们口中的"傻孩子"，却上了《福布斯》杂志封面，是该杂志创办五十多年来成为封面人物的首位大陆企业家。他被人称为"未来全球领袖"。

　　这看起来似乎真的像一个"神话"，却被一个人做到了。

　　他是谁？他是马云。

　　马云为什么能有如此巨大的跨越能力？除了他本身的毅力、睿智和高瞻远瞩之外，还有一个极重要的因素，那就是，他能将自己当成"水泥"，把许多优秀的人才黏合起来，紧紧团结在自己身边。

　　反观中国的许多创业型企业，经过几年的发展，只有领导人成长最快，能力最强，而真的到了危急时刻，没有了团队的强大凝聚力，再有能耐的领导人也是独木难支。

　　马云认为仅凭管理者一人之力，企业永远做不大，这个管理者也永远不会成功。他最自豪的就是能为每位阿里巴巴人提供一个适合他们发展的舞台，让他们淋漓尽致地发挥自己的才华。

正是马云懂得将自己当成"水泥"，懂得怎样合理利用人才，各就其职，各尽其能，才能在变幻莫测的市场风云中越过一个又一个的险阻。

正因为马云懂得将自己当成"水泥"，有着一种"打天下用人在于人和，治天下用人在于无才不用"的宽广胸怀，才让淘宝这条"长江里的小鳄鱼"打败了 ebay 这条"大海里的大鲨鱼"。

把自己当成"水泥"，将人才紧紧凝聚在自己身边，到底有多大魔力？亨利·福特会告诉我们。

亨利·福特是福特汽车的创立者，他是世界上第一位使用流水线大批量生产汽车的人，他的梦想是让每个家庭都能买得起汽车。在美国学者麦克·哈特所著的《影响人类历史进程的 100 名人排行榜》中，亨利·福特是唯一上榜的企业家。

亨利·福特因为家贫只接受了小学教育，虽然他后来成为闻名的企业家，但第二次世界大战期间，美国的一家报纸还是在一篇报道中说福特是一个"没有知识的人"，因此福特决定控告该报。

法庭上，对方的律师提出各种问题来让福特先生回答，企图以此来证明福特没有知识。

律师问：英国在 1776 年派了多少军队前往殖民地镇压反抗？

福特冷冷地回答道："我不知道共派出了多少军队，但我却知道派出去的军队一定比回来的军队多得多。"

旁听席上哄然大笑。

接着律师又问了十多个类似的问题，福特都以各种方式回答。

最后在回答了一个近乎带有个人侮辱性的问题之后，福特先生坐直了身子，义正词严地面向全场听众说："我要提醒各位，如果我想回答这位先生刚刚提出的那个愚蠢的问题，或是其他任何问题，我办公桌上有一大排电钮，我只要按下其中一个电钮，就可以召来各种专家进行极其专业的解答。而且他们还能提出你们问都不敢问或想都想不出的问题。请问能不能告诉我，既然我身边拥有这么多专家，他们能随时提供我所需要的任何信息，我为什么还要在我的脑中记那些对我来说毫无用处的东西？"

法庭上一片寂静。那个提问的律师也被反问得目瞪口呆。

是的，从表面上来看，福特可能无法走进化学实验，把一滴水分解成氢原子或氧原子，但他知道如何将顶尖的化学家聚集在自己身边，这点小事对于顶尖化学家来说是小菜一碟；福特可能不能熟练地装配汽车，但他知道如何将顶尖的汽车装配工聚集在自己身边，对于顶尖装配工来说，一辆汽车就像一个玩具一样在他们手里诞生。

如果没有水泥，砖、瓦、石头、瓷砖等建筑材料就会永远堆在那里，一盘散沙。

作为领导者，就要担任水泥的角色，将它们紧紧黏合起来，这样才能盖起一座坚固而又漂亮的房子。

物理考五分的物理学家

文 / 纳兰泽芸

如果你是一个物理只考五分的学生，你告诉别人说："我将来要当一位名震寰宇的物理科学家！"也许所有人都会摸摸你的额头问："你没发高烧吧，是不是烧坏了说胡话呢！"

这时候，别听他们的，你埋头做你的事。你知道自己不是在说胡话，因为已经有人将这个"胡话"变成了活生生的现实。他就是钱伟长。

钱伟长是世界著名物理学家、力学家、应用数学家，是中国近代力学、应用数学奠基人之一。国际上以钱氏命名的力学和应用科学科研成果有"钱伟长方程"、"钱伟长方法"、"圆柱壳的钱伟长方程"和"钱伟长一般方程"等。

这样一位在数理方面取得举世瞩目成就的科学家，所有人一定以为他是学理出身。其实完全相反。他家境比较贫寒，上大学前的人生岁月中，钱伟长一直以文史拔萃而小有名气。

钱伟长 18 岁考入清华大学时，中文、历史成绩均得满分，中文答卷让文学大师朱自清击节叫好，历史答卷令历史学家陈寅恪拍案赞叹。但物理仅五分，数学、化学相加才二十分。

他报考的是历史系。很快日本悍然发动"九一八"事变，蒋介石奉行不抵抗政策，他的一个重要理由是日本人有精良的飞机大炮，中国却没有，就算抵抗也必败。

国弱则民受欺，钱伟长与千万同胞一样愤怒了！他立即做出一个惊人的决定：改学物理！用先进的科技为祖国造出精良的武器，把侵略者赶出中国！

物理考五分还想学物理，不是开玩笑吗？当时物理系主任是中国近代物理学奠基人吴有训，对于钱伟长的请求他当然一口回绝。然而钱伟长一次又一次恳求并陈述改系原因及决心，精诚终于击开金石，吴有训被感动，勉强同意试读一年，一年之后若成绩不合格即遭退回。

这一年里，钱伟长极度刻苦，和衣而眠，闻鸡起舞，很快由后进变为先进，毕业时已成物理系佼佼者，跟随导师吴有训进行物理学研究，为提高国防装备提供科技支持。

当别人称赞他为天才时，他说，他不是天才，关键在于刻苦和努力，生而知之者是不存在的，天才也是不存在的，所有人都是"后才"。学习求知是艰苦的，但必须有不辞辛苦、孜孜不倦的顽强精神，才能学到东西。

他认为不能彻底否认人与人的个体智力差异，但那是次要的，有多少"仲永"式的神童最后泯然众人，那是因为他们自以为是超于常人的神童，不用再继续刻苦。丧失了刻苦精神，最后必然归于寂灭。反之，天资平庸而靠后天顽强奋发，最后举世闻名者，大有人在。

"文章已满行人耳"的白居易也不是生而能作锦绣华章，"二十以来，昼课赋，间又课诗，不遑被息矣。以至口成疮，手肘成胝"。读书读得嘴里生满疮泡，练诗练得手肘长满老茧。难怪日后他的诗如此深入人心："童子解吟《长恨》曲，胡儿能唱《琵琶》篇。"直至今日，"白乐天"诗名也是"不废江河万古流"。

"有兰有竹有石，有节有香有骨"的郑板桥，诗书画三绝，尤以画竹秀劲绝伦，"似有神助之"。其实只有郑板桥知道，他并没有"神助之"，而是他的"勤勉劬劳"助之：

> 四十年来画竹枝，
> 昼间挥写夜间思。
> 冗繁削尽留清瘦，
> 画到生时是熟时。

"画到生时是熟时"，实际上就是"勤奋"二字造就的结果。有了必胜信念再加上"勤奋"二字，你就可以昂起头说："虽然现在我物理只考了五分，但我要成为一名物理学家。因为，一切皆有可能！"

我被生活逼成了人才

文 / 曹景常

第一次走进陌生的城市，我竟一点儿也没有惶恐和茫然的心情，反倒有那么一点儿欣慰："在这里，我有了更多选择的机会，就凭我这人人称道的'笔头子'，还愁找不到新的用武之地？"我自信地迎着灿烂的朝阳走向人才市场。

人才交流大厅人头攒动。我挺起胸膛走到一个招聘的摊位前，欲应聘文秘。主持招聘的中年人抬头看了看我："有文凭吗？"

"有，有……"我忙把自己的高中毕业证书递了上去。

那人只看了一眼封面，就淡淡地一笑："我说的是大专以上的文凭！"

"我……我没读过大专。"我小声地说。

"那你到劳务市场看看去吧！"

那一瞬间，我的自信几乎烟消云散。我后悔自己高中毕业后到一家乡村中学工作后，因有几篇文章发表，只知道练笔写作，从未想到通过电大、夜大或自考来为自己继续"充电"，而今碰壁后才知道：没有文凭，我算不上"人才"！

垂头丧气地走出人才市场，眼前一片茫然。突然，不远处电线杆子上张贴的一则招聘启事吸引了我——"不论文凭高低，不限年龄大小，不分男女，只要有能力，这里就有你的用武之地……"我按照广告上的地址找到了招聘单位——一家广告公司。经过几次交谈后我被录取，主要工作是承揽广告。

我暗自庆幸自己运气好，然而没有几天，就发现自己高兴得太早了：整天骑着破单车，满城市转，见门就进，见老板就谈，可一份广告也没谈成。究其原因，是我不懂广告价格的砍价艺术，只谈两三个回合，就把底价告诉对方，而对方还想要回扣，我已报到最低，自己的佣金已无法保证，哪有什么回扣！结果，屡谈屡败不说，反倒把公司中的统一价格给搅乱。经理对我颇为气恼，在我上班的第七天，几乎是吼着向我下了最后通牒——而我，再就业刚刚一周，又一次下岗了。

恰巧这时，一位同窗好友来看我，在得知我的现状后，让我和他一起去干——到一家道班工地修路。

"什么？我在原单位是堂堂的秘书呀！"

"得啦，过什么河脱什么鞋吧！"

面对现实，我只好认了。

每天晚上从工地归来，累得腰酸背痛的我躺在床上难以入眠：我就这样靠卖力气来实现自己的人才价值吗？那十几年的书不是白读了？就这么让自己肚里的那点儿墨水随着一身臭汗挥发掉！我不甘心，实在是不甘心啊！可不甘心又有什么办法呢，谁让自己不是"人才"呢？

人才，人才……我为什么不能成为人才呢？我一骨碌爬起来，披上衣服坐到书桌前。

也许是我干过几天广告，我的自学便从广告开始，文案写作，策划创意，营销心理，谈判技巧……我一点点地"啃"着，不懂的地方跳过去，第二天接着"啃"，并仔细观察比较电视广告报纸广告的优劣。这期间还对电视上的一则广告写了一个小评论，寄给当地一家颇有影响的报纸，一周之后小评论见报了，我的信心大增。

半个月后，道班放假，我被迫"第三次下岗"。

于是我顺势另谋"高就"——广告业务员。经过几番选择和磨合，再出去跑广告，我试着从广告策划上向客户展现自己的优势，很快我上路了。与此同时，我购买了全套的大学中文系自考教材，边工作边自学，我暗下决心，一定要通过自考拿到文凭。

半年后，我的广告业务额直线上升，后来被提升为广告文案，后又升任副总经理。

时间在学习和工作的双重轨道上迅疾流逝，两年过去，我顺利拿到了自考中文大专文凭和诗刊社高级进修班、鲁迅文学院文学创作班的毕业证书，同时还在全国各地的几十家报刊发表了一百多篇文学作品，为了追求自己昔日的梦想，我离开了这家广告公司。

我揣着几本毕业证和一摞作品剪贴稿重新走向人才市场。在求职登记的一周后，就接到了一家行业报社的面试通知，经过严格的笔试和面试，我如愿以偿地成了这家报社的编辑。自此，我靠自己的努力，不仅在业务上日渐娴熟并成为执行主编，而且由于坚持业余文学创作，被省、市作家协会吸收为会员，还先后出版了两本文学专著，并成为省文学创作中心的聘任作家和市作家协会理事，作品也连续获奖，不久前，在全省十年一次的报告文学评奖中，我的作品荣获了一等奖。

如今，大家都说我是个难得的人才。其实，我自己最清楚，如果我能算上个人才的话，也是被生活逼出来的。试想，没有生活中的种种变迁，我还会一直在那所乡村中学里做着我的"才子佳人"梦，用舒适和安逸削减着自己的斗志，还哪里会有我今天的一点成绩呢？

只有懦夫才选择逃避

文 / 萧　繁

美国总统罗斯福中年时患上了小儿麻痹症，当时，他已经做了参议员，是政坛新秀，炙手可热。突来的疾病给了他迎头一击，如果不是从小练就的坚强意志，他真想放弃一切，归隐田园，终了一生。

他发誓要重返政坛。

患病之初，他一动也不能动，上下楼全凭别人搬来搬去。一想到后半生全赖他人才可以活动，他的内心就隐隐作痛。自己不能就这么躺下！夜深人静的时候，他咬着牙，滚到床下，开始练习自己上楼下楼。身体不协调，力量不均衡，这使他经常摔伤，每每躺下时，伤口就隐隐作痛，但他默默忍耐，从来没有停止过。

有一天，他突然笑呵呵地对家人说，自己发明了一种上楼梯的方法，马上就可以表演给大家看。

家人既担心又好奇。

罗斯福不顾家人的反对，真的表演起来——先用手臂的力量支撑、移动身体，身体挪到台阶上之后，再用手把腿"搬"上来。他就这样艰难地，但绝对自信地完成了自己的"登顶"计划。

母亲心疼地说："你这样在地上拖来拖去的，让别人看到多难堪啊。"

罗斯福斩钉截铁地回答："妈妈，我必须面对自己的耻辱！"

——在罗斯福的信条里，没有弃权与求和！经过八年的刻苦练习，罗斯福不仅生活能够自理了，还重新返回了政坛！

奥地利医学家巴雷尼也是一样！他小的时候，腿部因为生病落下了残疾，眼看自己不能像正常人一样自由活动了，巴雷尼终日闷闷不乐。他不与小伙伴交往，也不愿意求学上进，这一切被母亲看在眼里，内心十分焦急。

母亲来到巴雷尼的病房前，语重心长地对他说："妈妈相信你是一个有志气的孩子，希望你能用自己的双腿，在人生的道路上坚定地走下去！"

母亲的话像撕开乌云的闪电，瞬间照亮了巴雷尼的心扉。

他看着母亲的眼睛，用力地点了点头。

从那以后，在母亲的帮助下，巴雷尼练习走路，做体操，进而练习小跑、蹦跳。他们制定了计划，每天的计划不完成绝不休息。脚磨破了，他咬牙坚持，汗水透湿了衣衫，也不肯停歇。

母亲的话就是警钟，时时在巴雷尼的耳边敲响。

体育锻炼弥补了残疾给巴雷尼带来的不便，他终于经受住了命运的考验，刻苦学习，勤奋向上，最后以优异的成绩考入维也纳大学医学院。大学毕业后，巴雷尼以全部的精力致力于耳科神经学的研究。1915 年，他因对耳的突出研究而获得诺贝尔生理学与医学奖。

——放弃自己，就等于放弃了未来与希望。

"16"与"1885"的启示

文/潇 繁

宋代大文豪苏东坡说："古之立大志者，不惟有超世之才，亦必有坚忍不拔之志。"

你有"超世之才"不一定就能获得成功；相反，拥有了"坚忍不拔之志"，则成功必在不远的前方。

法国大文豪、世界"科幻小说之父"凡尔纳年轻的时候，立志文学创作，他勤奋刻苦，笔耕不辍，终于完成了自己的第一部著作——《气球上的五星期》。为手稿画上最后一个句号后，他迫不及待地将自己的处女作送到一家知名的出版社。不曾想，总编辑只是随便地翻上几页之后，就毫不客气地说："对不起，先生，您的作品中充满不切实际的幻想，创作手法也不规矩，离经叛道，令人难以信服，我想不会有人喜欢您的书的。"

凡尔纳还想进一步解释自己的意图，出版社的工作人员却把他送出了大门。

凡尔纳不甘心，拿着书稿来到另一家出版社，情况如前，出版社的编辑没有看出这部作品有什么"优长之处"，三言两语便把他打发了。

接下来的情况更加糟糕。

"对不起，我们不需要这样的书稿。"

"我对您的作品毫无兴趣。"

"我简直不明白，您为什么要这样去写作？"

……

凡尔纳一口气走了十五家出版社，均被拒之门外，他又伤心，又气愤，进而变得沮丧，甚至怀疑起自己的才能。

也许，自己真的不是这块料吧！这一天，极度失落的凡尔纳坐在火炉边，把自己的手稿一页页撕下来，投入到火炉里。

"天哪！你这是在干什么？"妻子及时发现了他的举动，跑过来阻止他，同时劝慰他说，"亲爱的，你要相信自己！再去试一次吧，也许，这一次就是希望所在呢！"

听了妻子的话，凡尔纳抱着试试看的心里，又将书稿整理好，交给第十六家出版社。

出乎意料，这家出版社对凡尔纳的作品大加赞赏，不仅表示立即给予出版，还和凡尔纳签订了为期二十年的合同，要求凡尔纳把今后创作的所有科幻小说交由他们出版发行。

《气球上的五星期》出版后，立即轰动文坛，读者争相购阅，凡尔纳一夜成名。

——凡尔纳虽然没有做到"坚忍不拔"，但他从这件事中汲取了经验，得到了教训，在以后的创作中，他真正做到了"但凡人能想象到的事物，必定有人能将它实现"。

电影巨星史泰龙出身贫苦，父亲酗酒，母亲偏执任性。10岁时，父母离异，他因经常受到同学的侮辱，很快就辍学在家。工作了五年之后，他立志成为电影明星。在别人看来，史泰龙根本就是痴人说梦，他天生口吃，又没有文化，人长得一般，表情也不丰富。这样的坯子，如何能塑造成电影明星呢？

但史泰龙不以为然，他怀揣一册好莱坞电影公司的通讯本，开始一家一家地推荐自己。结果可想而知，他被整整拒绝了一千次。

史泰龙问自己：放弃吗？

回答是：不！

他从一千次的拒绝中汲取了教训，根据实际体验创作了剧本《洛奇》。他想把剧本白送给电影公司，条件是——由他来演男主角。可是，他依然被拒绝，而且，被拒绝的次数已经累加到一千六百次。

到了第一千六百次的时候，他得到了机会，有人愿意购买他的剧本，但不同意他当男主角。史泰龙没有同意，他坚定地拒绝了六万美金的诱惑，虽然他的口袋里只剩四十美元了。

直到第一千八百八十五次！

史泰龙终于如愿以偿！

他主演了自己的剧本《洛奇》，且一炮打响，迅速成为好莱坞超级巨星，片酬也打破了好莱坞的纪录，高达两千五百万美元。

托尔斯泰说："自信是生命的力量。"这一点，在史泰龙身上得到了充分的体现！

爱尔克的灯光

文 / 黄超男

  爱尔克，一个美丽的女孩子，那个欧洲古传说的主人公。

  她和心爱的弟弟住在一个叫"哈利希"的孤岛上，这里荒无人烟，只有他们姐弟二人相依为命。

  年少的弟弟终于耐不住孤岛生活的寂寞，决定独自出海闯闯，看看外面的世界。姐姐的泪水和劝阻也没能牵住少年匆忙的脚步，他义无反顾踏上了远航之旅。

  临别之际，面对爱尔克担忧不舍的眼神，弟弟让姐姐耐心等着自己，他说他很快就会平安归来，还要把外面的新鲜事讲给她听。

  弟弟走后，爱尔克每天都在窗前点一盏油灯为他引航。多少个风雨交加的夜里，她守着微弱的烛光整夜难眠，她怕弟弟看不到这灯火，怕弟弟会遭遇不测。

  日子一天天过去，孤岛的小屋里，每个晚上灯火都亮着，那是爱尔克在焦急地等着弟弟平安归来。

  日日翘首，夜夜盼望，可是直到她心力交瘁孤独地死去，也没能盼回她的弟弟——这个远航的少年。

于是，这个绝望的女子带着遗憾离开了人世。

只是，她的灵魂没有远离，永远守候在哈利希岛上等待弟弟的归来。

思绪飘飞到遥远的古欧洲那荒凉的岛上，倾听爱尔克一声声呼唤弟弟归来的心声，凝望那永恒的"爱尔克的灯光"。

沉浸在这感人至深的故事里，我的心绪久久难以平静。

在人的一生中，许多时候，我们也许不经意间便做了别人的爱尔克，为对方点燃了明亮的希望之灯，照亮了亲人、友人、爱人前行的旅程，我们欣慰，也希望那灯火永远闪烁。

而也有这样的时候：我们的世界一片漆黑，我们的眼前迷雾茫茫，看不见前行的方向。

虚弱的心慌慌地跳着，踉跄的步子软软地迈着，眼神空洞，心绪茫然。

"谁是我们的爱尔克？""爱尔克的灯光在哪里？"我们惊慌地喊叫，痛苦地寻找，可是没有结果。

人哪，总是那么痴心，总把希望寄托在别人身上，总幻想别人会是自己的救世主，竟然放弃了自己点燃心灵之烛的努力，被动地等待那也许并不存在的"爱尔克的灯光"。

直到踏遍万水千山，走过人生许多年，才渐渐明白，自己的心灵之灯从来没有熄灭，只是常常忘了给它添注灯油，那烛光便变得奄奄一息，让我们迷离的眼睛难以看清。

记着：我们便是自己的爱尔克，我们要自己燃起明亮的心灵之烛。哪怕前路遍野荆棘险象环生，我们不怕迷路，不再退缩，只有义无反顾往前走。

第四辑

逆风的力

人的一生会遭遇到来自不同方向不同形式的"风力"，诸如压力、阻力、作用力和反作用力。但只要我们有一颗向上向善的心，这些力就都会被转化成前进的动力，并唤醒沉睡的潜能，引领我们逆风走向成功。

每一个成功都值得尊重

文 / 李雪峰

　　邻居家的一个孩子，快三岁了还不会说话。他的父母十分焦急，带着孩子四处求医问药，但都没有明显的效果。每天早晨或夜晚，都能听见那对夫妇不厌其烦地教孩子发声，一遍又一遍地教孩子说"爸、爸""妈、妈"，这样一直教了半年多，终于有一天，孩子张开了"金"口，能含混地说"爸"、"妈"了，那对夫妇激动得泪流满面，抱着孩子向左邻右舍说："我家的孩子会说'爸妈'了！"似乎获得了一个天大的成功。

　　我给朋友们讲这个故事，许多朋友都不以为然，他们说："这不是一件多么了不起的事情，不过是一个小孩学会说话而已。"但他们谁体会到了那对邻家夫妇为此而付出的艰辛呢？半年多的时间里，每天天刚亮，他们就开始教孩子发声，就是"爸"、"妈"这两个普通的字眼，一遍又一遍地教，听得邻居们都为他们夫妇发急。每天一下班，回到家里又是一遍又一遍地教，直到夜阑人静，直到小孩发困睡觉，他们才会停下来。对于他们来说，孩子能开口说话，简直就是一个最重要、最伟大的事情。现在孩子终于能含混地说出话来了，这种成功对他们夫妇来说不亚于世界上任何一件伟大的事情。

还有一个故事，是道听途说来的，说是有一个孩子因为有生理缺陷，四五岁了还不会走路，他的父母和亲朋好友们十分忧愁，千方百计地扶着小孩让他学习迈步，经过了几年的努力，这个小孩终于能趔趔趄趄地走出一步了，他的父母欣喜若狂，尽管他们的孩子被医生诊断为天然生理不能平衡，但他毕竟能迈出一步了。后来，这个孩子在这对夫妇和许多人的帮助下，参加了一个残疾人体育训练队，22 岁的时候参加残奥会，并站到了高高的颁奖台上，让世界和许多人为他喝彩和惊叹。这个故事对我们许多人来说很普通，但这个孩子学会迈步对于他的父母和家人来说普通吗？那或许是一件十分重要的、伟大的事情。

　　没有一个成功是渺小的。别人的许多成功不被我们所重视，那是我们没有真正设身处地感受到那些人为这种成功而付出的困苦与艰辛，那是我们不能真正感到这种成功对于他们人生之旅的迫切和重要。

　　成功没有标尺，一个人人生的颁奖台高度只有他自己的心灵才能真正感受到。不要对别人的一个成功而漠然，在这个芸芸众生的大千世界上，每个人的每次成功都应该值得我们喝彩与尊重。

成功的视角

文 / 李雪峰

　　大汉山，是汉中市南郑县的制高点。每年 4 月，当油菜花把南郑县的每一粒泥土都摇曳得鹅黄如锦毯的时候，五湖四海的赏花人便从四面八方争先恐后地赶来。尤其是那些摄影爱好者们，他们三五结群蜂拥着赶到南郑，用镜头寻觅那最美的春光。而大汉山，是每一位摄影爱好者拍摄油菜花的必选之地。

　　在大汉山的半山腰，有一块二十几平方米的凸出地，这块凸出地是许多摄影爱好者推荐的风水宝地，站在这里，不仅大汉山下一望无际的鹅黄油菜花可以尽收眼底，而且山脚下的村镇、池塘、弯弯曲曲的小道、袅袅升腾的缕缕炊烟等，亦可饱览无余。许多摄影爱好者往往天不亮就急忙动身了，费了九牛二虎之力，不过是为了能在这块小小的风水宝地上占取自己支放三角架的一席之地。如果去迟了，就要站在那里排队等候，幸运的时候，排半个小时可以排到；不顺利的时候，得排三五个小时的队。

　　和成百上千的摄影爱好者这次同来的，有一位满头华发总是微笑不语的老人。大家聚在一起交谈经验的时候，他总是默默地静听，或者是眯着眼睛摆弄他的相机。那天凌晨，车向大汉山驶去，到山脚的时候，那位老人招呼司机把车停下来，说他要在这里下车。同行的一大群摄影爱好者们不解地劝老人说："您在这里下车做什么，拍油菜花的风水宝地在大汉山的半山腰啊，大老远地赶来，不到那里，您能拍到什么好作品？"老人感激大家的好意说："上山的人太多了，我就自己在这山下拍一拍吧，谢谢各位同仁的好意了！"

老人一个人下车了。车上有人不屑地说："这老头，甭看岁数这么大，说不定是个摄影发烧友吧，什么也不懂，不到山上拍，能摄出什么好作品来？"也有人替老人惋惜说："这么远赶来，不到山上去拍，不是白费功夫吗？"

大家赶到山上，排着队一拨一拨地涌到那块风水宝地上争相拍照，人多地小手忙脚乱，还互相埋怨。只有那位老人，独自悠闲地穿行在山脚下遍野鹅黄的油菜花田里，一只蜜蜂嗡嗡地鸣叫着飞来落在了油菜花的花蕊里了，他悄悄地端起相机，嚓嚓地拍。偶尔吹起一缕微风，将金黄的油菜花粉吹得纷纷扬扬，他忙低下身嚓嚓地拍。更多的时候，他一个人静静地走在弯弯曲曲的油菜花地田埂上，一会儿惬意地伏身去沉醉地嗅一嗅浓郁的花香，一会儿又蹲下去，透过花丛望一望花海深处那些氤氲的村庄……

傍晚时，大家纷纷回到了住宿的宾馆里，各自拿着相机，唧唧喳喳地展示自己拍摄的作品。只有那位老人静静地坐着，悠闲地一个人喝着茶。几个年轻人把自己拍到的照片亮给老人看，老人一一看后略带惋惜地评价说："拍得都不错，可惜的是，像是一个人拍的，分不出了你我来。"

年轻人振振有词地说："都是在那块风水宝地拍的，还能有多大的不同呢？您老也忙乎了一天了，能把您的大作亮给我们看看吗？"

老人谦逊地一笑说："也没有拍到什么，只不过角度不同。"老人边说边打开相机，把自己储存的照片给大家看。几个年轻人一看便愣了，那些照片画面清晰，用光精巧，画面布局别出心裁，简直把油菜花拍到了极致，几乎每一幅都是上乘之作。

大家马上便对这位身手不凡的老者肃然起敬。许多人惊叹不已地问老人："同是汉中拍摄油菜花，您老是如何拍得这么精美，与众不同啊？"

　　老人淡淡地笑笑说："也没有什么秘诀，我不过是有自己独特的视角而已。"老人顿了顿又说："一个摄影爱好者如果没有自己与众不同的艺术视角，别人拍什么你拍什么，那么你永远不可能创作出好作品，永远不可能成为艺术家，要想成功，就不能人云亦云，就必须有自己与众不同的视角。"

　　是啊，没有独特的艺术视角，成为不了艺术家。而一个人没有自己与众不同的独特生活视角，他就不能从社会生活里发现心灵的真善美，就不可能掬取到那一捧温暖的心灵；他就不可能从生活中发现真正的财富和商机，而改变自己的生活和命运……

　　没有属于自己的独特视角，这个人便没有了自己人生成功的基石。

　　要想与众不同，就要有自己独特的人生视角！

永不放弃

文 / 李雪峰

　　23 岁的时候，他意外地失业了，他想恰巧可以利用这段时间，全心地去竞选议员，竞选结里他失败了。那是 1832 年。

　　他办了一家工厂，一年不到，就破产了，破产后的还债用去了整整十七年。

　　失业的第三年，他心爱的未婚妻不幸患病去世，那时他整夜整夜地失眠，茶饭不思，经医生诊断患了神经衰弱症。1838 年，他竞选州长，落选了。 1843 年，他竞选国会议员，又失败了。三年后，他又竞选国会议员，终于成功了，成了美国国会议员。两年后，竞选连任失败。他向州政府申请，想做本州的普通的土地管理员，被地拒绝了。

　　1854 年，他再次竞选议员失败。1856 年，他雄心勃勃地竞选副总统提名，被对手以明显优势击败。1858 年，他又一次竞选国会议员，结局还是失败。

　　在他的一生里，他尝试过十一次竞选，失败和成功的比例是九比二，他没有绝望，也没有沮丧。1861 年，他 52 岁，还没有放弃自己的梦想，那一年，他终于过关斩将，当选为美利坚合众国第十六届总统。这样一个一次次从失败的阴影中走出来的人，该是一位多么坚韧伟大的人啊，的确，他是一位伟人，他有彪炳千秋的政绩，至今还被人们所深深敬仰和怀念着，他就是美国最伟大的总统之———亚伯拉罕·林肯。

当选总统后，曾有记者采访他，问："您一生总是失败，而现在您终于如愿当选，您对您的一生怎么评价？"林肯笑了笑说："幸运总会光临那些永不放弃的人，在失败废墟上成功的人更伟大。一个人，一生成功两次就足够了。"

永不放弃，永不被失败所屈服，失败的记录越多，成功的果实也就越甜、越大。

逆风的力

文 / 李玉兰

一阵刹车声在我家门前响起，我迅速地在脑海里搜索了一下，没有找到相关的记忆。我的亲友都是彻头彻尾的布衣百姓，没有谁能够气派地把车开到我家门口。

感叹间，一个穿着讲究、戴着眼镜的中年男人已经推门进来了。见面的一瞬间，我有种似曾相识的感觉，却一时想不起来在哪里见过，我只好寒暄着让座，倒茶，等着他自报家门。

他显然是感觉出我对他的遗忘了，笑着说："王老师，您不记得我了？我是黄松啊！您教了我一年多的语文呢！"

他热情地拉着我的手，孩子般的天真回到了他的脸上，让我终于想起了二十多年前那个让我头疼的淘学生。

他不好意思地解释着说，本来早就该来看看恩师的，只是这么多年一直在京城发展，很少有机会回来，这次因为要去邻近的一个城市处理一项业务上的事，才绕道到这里来看看老师。

他的真挚和谦虚让我激动不已，我把他让到沙发上，忙着打听他毕业后的经历。

他说高中毕业后考上了大学，学的是计算机专业，毕业后，又考了硕士和博士。读博期间他受雇于一家计算机软件开发公司，并负责一个软件开发项目。不但有了自己的科研成果，还被那家公司高薪聘请。现在已是那家公司技术部门的经理，在京城，有了家、车和儿子。说到这儿，他调皮地笑了，所以更不能忘记自己的恩师。

他说得轻松、随意，但我知道他省略了很多的细节，比如那些打拼的艰辛，那些攻关的煎熬……

我动情地说："其实老师知道这么多年你也很不容易。一个人异地求学、发展，没有任何关系可以依靠，没有任何力量给你支撑，能打出自己的天地确实不容易，老师为你自豪啊！"

"我一个淘气学生能走到今天，连我自己也没想到。回过头来仔细想想，这么多年来其实是有一种力量一直在支撑我的。"说这话时，他神情庄重。

"什么力量？"我好奇地问。

"其实，这力量就来自……您！"他笑了，笑得有些诡秘。

看我莫名其妙的样子，他提示我说："王老师，您还记不记得那一次，我把一盒粉笔都弄成了碎末，然后放在教室的门上面，上课的时候，您一推门，一盒粉笔末就全撒在了您身上？"

我很认真地想了想，没有想起具体的时间，但我相信这样的事是肯定有的。那时候的他简直就是个不可理喻的淘气包，每天变着法子出坏主意——哪个老师的自行车胎被划坏了，哪个女学生的身上爬上了小虫子……不用找别人，闭着眼睛就能找到他身上。

想到这里，我们都忍不住笑起来。笑了一会儿，他又很认真地问："王老师，您还记得那次您生气地训斥我一顿之后，说了一句什么话吗？"

我想了很久，但没有想起来。见我茫然的样子，他低下了头："您说，黄松，你听着，你这辈子要是能出息个人样，我大头朝下，走出这个城市。"

我蓦地想起了那句话，脸刷地红了，看着停放在外面的轿车，我窘迫地低下头，歉疚地说："老师说的只是一句气话！"

"可一句气话却改变了我的一生，成了支撑我不断奋斗的唯一力量！"他双手扶着我的肩说："那时，我就是在同学的哄笑声中，握着拳头对自己发誓，一定要混出个人样来，让您倒着走到我面前。所以，我咬着牙，发奋学习、奋斗，直到拥有了今天的一切。当我觉得自己终于可以扬眉吐气地向您证明自己的能力时，回头检视自己走过的路，我才翻然醒悟，正是您的一句话，激发了我的潜能和奋发的力量，不然，也许我会一直那么浑浑噩噩地混下去……"他的眼里噙着泪水，我知道那泪发自于心，我释然地舒了一口气。

他转身出了门，到车里拎出一个大大的包装箱，里面是一台款式很精致的手提电脑。

"老师，其实一台电脑远远回报不了您改变我一生的一句话，但它却可以成为我们师生共同的骄傲。"

他又笑了，笑得坦然而阳光，和刚才的泪水一样透着真诚。

人的一生会遭遇到来自不同方向不同形式的"风力"，诸如压力、阻力、作用力和反作用力。但只要我们有一颗向上向善的心，这些力就都会被转化成前进的动力，并唤醒沉睡的潜能，引领我们逆风走向成功。

只要你是对的

文/木 子

    1950 年 9 月 20 日，名不见经传的青年作曲家王莘，将他创作的《歌唱祖国》歌曲原稿寄给一家报纸的文艺副刊。

    不久，王莘收到了那家报纸副刊编辑的一封退稿信。读罢退稿信，王莘又再三读了读自己的作品，越读越觉得那位编辑的意见仅是一己私见，自己的作品还是十分令自己满意的。于是，王莘又满怀希望，把《歌唱祖国》又寄给了另外一家报纸的文艺副刊。

    但没多久，那家报纸也十分客气地把《歌唱祖国》退回来了。

    是不是自己的作品真的没有达到发表的水平？拿着退稿信，王莘又把自己的作品认真看了又看，但越看，王莘就越认定《歌唱祖国》是一首十分难得的得意之作，没有报刊愿意给自己发表就算了，好作品绝不应当被埋没，王莘自己将《歌唱祖国》刻蜡版印了十几份，寄送给自己的一些朋友，征求朋友们对自己作品的意见。没多久，时任天津音乐工作团合唱队队长的王巍打电话告诉王莘说，他认为《歌唱祖国》是一首十分难得的佳作，他已经组织了十几名青年演员，开始《歌唱祖国》的试唱。这群年轻人演唱两遍后，立刻激动万分地说："这真是一首难得的好歌，曲调优美、流畅，真是太棒了！"

1950 年底，中国唱片厂到天津来选歌，他们一听完《歌唱祖国》就激动万分地说："这首歌太美妙了，我们一定要选这首歌！"就这样，《歌唱祖国》被灌进了新中国第一批唱片，从此不胫而走，唱响了祖国的大江南北。

2003 年国庆前夕，《歌唱祖国》的镀金光盘被国家博物馆正式收藏。

如果当初王莘先生在接连两次退稿后自己的心灵也给自己退稿，如果王莘先生遭到别人否定后也轻易地把自己否定，那么，会有《歌唱祖国》的至今余音袅袅绕梁不绝吗？会有《歌唱祖国》这首经典歌曲的经久不衰吗？

只要你是对的，就不要轻易去否定你自己。只要你是对的，你就要执著地去坚持。人生成功的支点，常常就在于面对别人的纷纷否定，而自己的心灵却从不迷失。

成功可以预料

文/木 子

　　熊旁是瑞士的化学家，他经常孜孜不倦地沉醉在实验室里，就是回到家里，他也要在茶余饭后做上一点微小的实验。

　　1845 年一天下午，熊旁趁妻子午休的时间，自己躲在家里的那间小实验间里做试验，一不小心，他把桌上那瓶盛满硝酸和硫酸混合液的瓶子碰倒了，溶液流在了桌子上，熊旁马上去找抹布，抹布没有被立即找到，眼看那些溶液就要从桌子上漫流到地板上，慌乱之中，他顺手拿起了放在旁边的一条妻子的棉布围裙抹擦掉那些溶液。围裙浸了溶液，湿淋淋的，熊旁担心妻子见后责怪，就悄悄把围裙带到厨房，准备烘干，没料到刚靠近火炉，就听轰的一声，围裙在瞬间被烧得干干净净，没有一点儿烟，也没有一丝灰烬。熊旁惊得目瞪口呆，但随后就欣喜万分，他意识到自己不经意间已经合成了可以用来做炸药的新的化合物，一个发明在不经意间出人意料地成功了。

　　1838 年，法国著名物理学家达盖尔正在费尽心机地苦苦研究影像保留在胶片上的方法，研究进行了半年多了，达盖尔几乎尝试过了各种材料和方法，但研究仍然是一片空白，毫无进展。

就在达盖尔要对此项研究绝望，进而金盆洗手时，有一天，他意外地发现了一个影像居然莫名其妙地留在了胶面上，达盖尔大喜过望，立刻小心翼翼地整理实验桌上的所有化学物品，想弄明白到底是什么东西使自己这项原本已山穷水尽的研究又突然变得柳暗花明。结果，他惊讶地发现，原来是一支温度计破碎后留下的水银。

在不经意之间，熊旁发明出了世界上的第一种无烟炸药，达盖尔则发明了摄影技术。其实在科学研究进程上，像熊旁和达盖尔这种歪打正着的成功是屡见不鲜的，但是，若没有他们的不懈努力，没有他们的锲而不舍，成功的果实能被他们如此偶然地摘到吗？

在这个世界上，幸运总是偏爱那些坚韧不拔的人，只要你脚步不停地跋涉，意想不到的风景总会闪进你自己的眼帘。

只要你努力，成功虽然不能预期，但却不会远离你的预料。

别被自己网住

文 / 张宏涛

　　受父亲和哥哥的影响，他一向认为做个电子工程师是个不错的选择，所以在上大学时，他选择了电子工程专业。毕业后，他又进入牛津大学攻读相关专业的硕士学位。

　　在牛津大学期间，他认识了朋友贝克。贝克是牛津大学戏剧协会的副会长，因此自然不会放过拉他入会的机会。被他拒绝了。他觉得自己是一个很文静的人，甚至有点儿乏味，让他加入戏剧协会，这不是开玩笑吗？贝克却认真地说："正因为你不爱说话，生活沉闷，所以才更应该加入协会。你应该学着让你的生活更精彩一些。"他这才点点头，并由此开始欣赏众多的精彩节目。渐渐地，他也喜欢上了表演。

　　在当年的爱丁堡艺术节上，他通过努力，用自己丰富的肢体动作和夸张的表情为大家表演了一个滑稽节目。没想到，他的节目太精彩了，引起了全校轰动。从此，他成为校园明星，戏剧协会、讽刺剧社、试验剧场俱乐部等组织纷纷邀请他去表演，在各种节日里，他更是众多协会极力邀请的名人。不久，更有电视制片人和电影导演来寻求和他合作。

　　面对突如其来的轰动，21岁的他迷茫了。过去，他一直都以做一个电子工程师为目标，并为此奋斗了多年；但现在，他突然喜欢上表演。人生之路，究竟该怎么选择呢？如果去演戏，现在正是最好的时机，但自己多年来所学的电子工程知识不就白废了吗？但如果拒绝演戏，将来做一个电子工程师的话，显然很难有出人头地的机会。如果就这样白白错过成名的机会，他不太甘心。是按照自己的目标走，还是依据自己的兴趣呢？在宿舍里，他陷入了沉思。

这时候，正值盛夏，蚊子特别多。蚊子嗡嗡地叫着，不断在他头上登陆。不堪蚊子骚扰的他点燃了一盘蚊香，然后关上了门，想熏死蚊子。这时，他发现房门后有只蜘蛛。这只蜘蛛平时捉过不少蚊虫，他不忍心伤害它，就又打开门赶它走。蚊子乘机飞走了几个，而这只蜘蛛却舍不得离开它的网。它灵活地躲避着试图带它转移的他的手，固执地坚持在自己的网上。不久，这只蜘蛛被蚊香熏死在了它引以为傲的网上。

这个场景深深地刺激了他。是啊，网，本来是蜘蛛用来网蚊虫的，但没想到最终却网住了它自己。如果他坚持自己的电子工程专业，白白丧失发展的机会，那他不等于被自己的专业给网住了吗？那他不是和这只蜘蛛一样傻吗？

于是，他毅然放弃了做电子工程师的打算，开始积极参演各种节目。不久，他就获得了年度最佳喜剧奖。后来他获得了演艺界几乎所有的重要奖项。他主演的情景喜剧《黑爵士》系列成为英国广播公司迄今为止最成功的情景喜剧；更重要的是，他为世界贡献了全球家喻户晓的喜剧人物——憨豆先生。

他就是"用卓别林方式演戏的英国金凯瑞"、当代英国喜剧泰斗——罗温·艾金森。

洛克菲勒的四季

文 / 张宏涛

16岁那年，在离高中毕业只剩下两周时，因为贫穷，他不得不离开校园，开始在社会上闯荡。43岁时，他完成人生的质变，从一无所有的穷小子变成美国首富，建成美国历史上第一个托拉斯。他，就是世界石油大亨洛克菲勒。

正应了"乐极生悲"这个成语，事业达到高峰时，洛克菲勒的身体垮了。一天，他突然晕倒。医生诊断出他患有心脑血管疾病和其他多种慢性病，他表面上看起来很强壮的身体，实际上非常虚弱。用中医的观点来讲，就是气血两虚，濒临油尽灯枯。医生表示无药可救，即使是最乐观的估计，洛克菲勒也活不过48岁。

面对这个令人沮丧的事实，一夜之间，洛克菲勒就白了很多头发。在商界，他有呼风唤雨的本事。在生活中，他也是个强人。面对疾病，他却无能为力。

其实，洛克菲勒早有预感。他每天都在极度劳累中度过，工作起来，常常不分白天黑夜连轴转，有时甚至会两天两夜不睡觉。在别人看来，他总是充满激情和力量，但只有他自己知道，他太累了，该休息了。

尽管如此，洛克菲勒并不悲观。毕竟，他已奋斗到首富的位子，人生理想基本实现。剩下的日子，他开始培养接班人。

　　一天，洛克菲勒去非洲考察。路上，车陷入泥坑中。他和导游走进附近的一个村庄去找人帮忙。这是沙漠里的一片绿洲，那里的人都在休息。洛克菲勒向众人表示，只要他们能帮忙把车弄出来，就给他们很多钱。没想到，那些人拒绝了。他们说，现在是冬天，他们不要钱。

　　洛克菲勒不明白冬天和钱有什么关系。导游解释说，这里的人信奉一年四季。洛克菲勒还不明白，导游详细地讲解起来：

　　这里的人遵循大自然的规律。他们认为，既然庄稼是春种、夏耕、秋收、冬藏，人类也应该这样，春天要种庄稼，做好打猎的准备；夏天要维护庄稼，打猎；秋天开始收割庄稼，最后一次捕捉那些成熟的猎物；到了冬天，就不再出去干活了。他们留够冬天要吃的食物，剩下的全捐给那些年纪大的和因病不能自食其力的人。整个冬天，他们都如动物冬眠一样，待在家里不出去，最多只是和邻居说说话。

　　洛克菲勒有些鄙夷地说："难怪他们成不了富人。要做富人，一定要努力。无论是春天还是冬天，都要辛勤工作。"导游将他的话翻译给当地居民听。他们鄙夷地看了洛克菲勒一眼，也为他不值。他们觉得他为钱违背自然规律，放弃了很多体验人生的机会。他们的一生由很多个春夏秋冬组成，洛克菲勒的一生只有一个春夏秋冬。他们警告他，再不改变人生态度，恐怕连体验第二个春天的机会都没了。

　　洛克菲勒深受震撼。的确，他的童年如同春天，他一直在课余时间做小工，赚小钱，是人生的预备阶段；青年时期是他的夏天，他起早贪黑，白手起家，创立了石油公司；中年就是他的秋天，他硕果累累，成了美国首富；现在，他就要进入冬天了吗？他还有机会看到第二个春天吗？他曾想，如果可以返老还童，他愿意拿出一多半家产来换——他希望再奋斗一次。如今，他功成名就，反而没什么前进的动力了。

洛克菲勒想过第二个春天，想过很多很多个春夏秋冬。回国后，他做出一个让人大吃一惊的决定：每年至少捐出一百万美元用于慈善事业，去世前，他要捐出绝大部分遗产。此前，洛克菲勒可是著名的铁公鸡，从不捐一分钱，连朋友结婚，也只送很廉价的礼物。这次，他说到做到，先给非洲一些地区捐了款，接着又在世界范围内大量捐款，主要用于消灭文盲、普及教育和消灭疾病、保障医疗两方面。

　　当年冬天，洛克菲勒捐出一百多万美元，赚钱的事情却很少做。不用再煞费苦心地想着如何赚钱，他睡得很香甜，身体奇迹般恢复了健康。

　　第二年春天，洛克菲勒才开始开拓渠道赚钱。

　　洛克菲勒把自己对于一年四季的感受郑重地传给儿子和孙子。后来，他的儿子和孙子也都成了著名的慈善家。去世前，洛克菲勒已经捐出95%的财产，只给儿子留下两千多万美元。

　　原本被医生判定只能再活五年，洛克菲勒却活到了98岁。按虚岁算的话，这差不多就是所谓的"长命百岁"了。而遵从了一年四个季节的规律，他的儿子和孙子也分别活了87岁和95岁。

　　在经历了无数个春夏秋冬后，洛克菲勒的人生完美谢幕了。那么，朋友，你的生活是一年四季，还是一生四季呢？

你理财，财未必理你

文 / 逝水浪花

　　黄鹏和朱辉同年到美国某所大学留学，他们都拿到了全额奖学金。学费和日常生活花销都不用发愁。刚来美国的第一个周末，他们和几个华人师兄一起去逛商场。

　　这次逛商场让他们大长见识。不少商场都有赠送名牌化妆品试用装的活动。当天他们就先后在几个商场领到了几大盒总价超过一百美元的化妆品。他们还到赌场参观了一个促销活动，每人花十美元买筹码，然后并不去赌，而是以二十美元的价格再退给赌场。这一切对师兄们来说都是司空见惯的事情，对黄鹏和朱辉来说，却是很新奇的。黄鹏觉得这个国家太富有了，不需要为生存操心，可以安心地学习，全身心地投入到自己所学的专业中。朱辉则认为，这个国家机会太多了，只要多用点儿心思，多跑跑腿，赚钱不是难事。他信奉"你不理财，财不理你"的理财名言，开始了自己的赚钱计划。

　　从此，黄鹏致力于学术研究，朱辉则致力于去找漏洞赚取钱财。朱辉不仅学会了利用商场人员上下午换班的空子伪造签名领取双份试用品，还抓住了银行对新开户者赠送一百美金的空子，不断在各银行开户、销户。

通过各种活动，他占到了很大的便宜，经常每天都能获得上百美金。他还把自己得到的各种化妆品的试用装寄回国内让家人销售。

两年后，黄鹏顺利地拿到了博士学位，并因为有突出成果获得了学校不菲的奖学金，还因为发明了一项专利，获得了巨额专利费。朱辉却收拾行李灰溜溜地回国了。原来，由于他多次用假名签名领取试用品，被很多商场列为不受欢迎的人；各家银行也因他频繁恶意开户、销户而不批准他办信用卡；更由于旷课次数太多及多门功课不合格，他被学校评为不适合继续读博而劝退……其实，他这两年挣的钱还不及黄鹏应邀作一次学术报告所得的报酬多。

你一心理财，财未必理你；你不理财，财未必不理你。真正的成功者往往是一心扑向事业而不计较金钱的人。等事业成功了，金钱自然会滚滚而来。金钱永远都不是最重要的，尤其是对年轻人来说。

寻找最需要自己的位置

文 / 吕保军

30 岁那年，他毅然决定到国外去发展。近年来，随着石油和天然气的大规模快速开发，海湾小国卡塔尔的经济蒸蒸日上，一跃跻身阿拉伯世界最富有的国家之一。与此同时，加入卡塔尔打工队伍的中国人日渐增多，他也随着这股打工潮踏上了去西亚淘金的寻梦之旅。

来到卡塔尔才发现，这里属于严重缺水的地方，常年降雨量仅有一百毫米，可谓水贵如油。看到同去的人很快找到了满意的工作，他想既然在国内从事的是农业技术推广工作，我还是干老本行，暂且找家农场打份工吧。于是他找到了一家名叫"苏莱提"的偏僻农场。这个农场位于卡塔尔首都多哈以北二十公里处的荒漠上，目前正需要人手。当农场主阿卜杜拉听说他是来自中国内地的农业技术人才时，立即诚挚地表示欢迎。这份热情感染了他，他决定留下帮农场主种植绿叶蔬菜和水果。

加入农场后，他根据当地干旱少雨的气候特点，以及土壤含盐量高的实际情况，因地制宜地推广了两项节水措施：一是以滴灌为核心的灌溉技术，这样做不仅不破坏土壤结构，还节省了水；二是起垄地膜覆盖技术，土地覆膜可以减少蒸发，增加土壤中的含水量。只这两项措施，就令阿卜杜拉对这个中国人大加赞赏。以前，卡塔尔人种哈密瓜、西红柿都是地面爬蔓，他来到这里之后，开始实行吊秧栽培，这既能节约土地，充分利用立体空间，结出的瓜果又不易腐烂，产量还能增加两到三倍。他的这些先进种植技术令当地人大开眼界。目前，他种植的甜玉米、西红柿、黄瓜、茄子、柿子椒、西兰花、扁豆、西葫芦等蔬菜，每天源源不断地被送往卡塔尔各大超市。农场的蔬菜年产值也从他刚来时的二十多万里亚尔跃升到现在的一百二十多万里亚尔。

六年来，他凭借自己的勤勉和精湛的种植技艺，赢得了老板阿卜杜拉的高度赞赏。虽然，卡塔尔荒漠上没有发达国家灯红酒绿的繁华与喧嚣，但这里确实需要他。需要，就是留下来的最好理由。因为需要，他受到了最大程度的尊敬与重视，自身潜能得到最大程度的发挥。跑到卡塔尔荒漠上去种菜，种出来一片青葱的天地，也让他收获了一份丰盈的人生。

现实中就是这样，总有一个位置实实在在地需要你。寻找到那个最需要自己的位置，不仅仅是一种生存策略，更多时候则是你已经接近了成功。

信　念

文／徐　铮

　　有位朋友推荐过一篇文章，说的是 1984 年东京国际马拉松邀请赛的冠军山田本一介绍自己夺魁的经验——事先考察现场，每几百米找一个标志，将 40 多千米的大目标分解成一个个小目标，如此，便不会被吓倒。

　　因为故事说得有时间有地点有人物，我便上网查了一查，发现山田本一其人其事只见诸国内的网站。上日本的网站查东京国际马拉松邀请赛的资料，1984 年的冠军是坦桑尼亚选手 Juma Ikangaa，这个人的成绩在英、德、意、荷的网站上均能查到。

　　是作者为了增加说服力而将亚军（或是季军）说成了冠军呢？还是山田本一压根儿就是作者虚构的人物？不得而知。总之我是对这篇文章嗤之以鼻了。而那位朋友，却像获得了天启一般，坚信像山田本一那样行事必获成功，于是在生活、学习和工作中大大小小的事情上践行山田的理论。

　　若干年过去，那位朋友已然事业有成，而我，仍寂寂无闻。他的成功经验，除了山田的"难度分解法"外，还应加上他的坚信。坚信对于成功的意义，其实往往不在于坚信的内容，而在于拥有信念这一点本身。

没桥顺河走

没桥顺河走，代表人生的一种处世态度，不当退缩的懦夫，不做冒险的莽汉，耐心寻找机遇和出路，就一定能够到达成功的彼岸！

诗意地栖居在成功之上

文 / 吕保军

　　史坦雷·赫尔德是美国堪萨斯州一位默默无闻的农民画家。一天早晨，他信步来到郊外，初升的太阳照射下来，庄稼叶子上晶亮的露珠闪烁着耀眼的光芒。他面对着满坡的庄稼陷入了深思：我的祖祖辈辈都是以耕田为生，他们在大地上辛苦劳作，把大地当画布，种出来庄稼就是画卷，饱蘸无数心血和汗水来绘制这幅人生图画啊！想到此，他脑海里电光石火般一闪，一个突发奇想的念头油然而生。

　　这个念头令他激动不已。如果在一片方形田地上按设计图样布下向日葵、大豆、苜蓿等植物的种子，待长大开花，从高处看，展现在眼前的不就是一幅美丽无比的巨大图画吗？史坦雷立即把想法付诸行动了。他抛掉了手中的画笔，开始在广袤的农田上用庄稼当"画笔"绘制别开生面的巨作。这一年他一共绘制了两幅画：一幅占地三十英亩（约十二万平方米），地上按一个印第安人的头像种着小麦，这位头戴水手帽的印第安人嘴里叼着烟斗，出神的目光眺望着远方。另一幅叫《盛宴》的图画占地面积相当于二十八个球场大，画面呈现出一张巨型餐桌，上面摆放着面包、苹果、鸡蛋、瓶装牛奶和玉米等食物……

出现在北美大地上的这种新型的壮丽图画，很快成了媒体关注的焦点。他们纷纷派记者前来采访，从直升机上拍摄的一幅幅照片占据了各大报纸醒目的位置。报道称这简直是"诗意的创举"，称赞他是"诗意地栖居在生活之上"的艺术家。史坦雷·赫尔德一下子名声大噪。一个充满诗意的偶然念头竟改变了他的命运！

有时，成功只是一个诗意的闪念

文/沽酒

一个 30 岁的青年农民，从小痴迷绘画艺术，平时一边务农一边为提高绘画技法而四处拜名师学画。

一天，他在晒麦子时突发奇想：咱家里有吃不完的余粮，如果用粮食作画，价钱肯定比粮食卖得贵。想到就干，他从市场上买来胶水，找来各色各样的五谷杂粮，开始摸索着用粮食作画。可是他很快发现，用普通胶水粘贴粮食作画，放久了，画上的某些粮食颗粒会开裂。怎么能解决这个难题，让粮食画久经岁月更耐珍藏呢？为此他付出了不少心血，最终自己配制出了一种胶。经过特殊的防虫防腐处理后的植物种子，用作画工具一粒一粒地粘到带有胶的图案底稿上，最后装裱，总共需要十几道工序……终于，小小的五谷杂粮在他手下大放异彩。由于他选的都是颗粒较小的粮食，画的颜色也全是粮食的本色，所以他的作品看起来特别细腻、精致，且能够保存近百年。

如今，他成立了自己的"粮艺"公司，用谷子、小麦、绿豆、芝麻、草籽等植物种子作出了上千幅粮食字画，他的作品以其独特的"原生态和纯绿色"大受欢迎，被称为"中国民间一绝"，很多订单纷至沓来，甚至还走出了国门，卖到了德国。一个农村青年竟然靠一个充满诗意的闪念获得了成功。

诗意地栖居，多么超凡脱俗的生活境界，多么潇洒飘逸的成功方式，没有人不为之深深向往！它并不是高不可攀的，只要你拥有一颗诗意的心并付诸实践。其实就这么简单！

没桥顺河走

文/沽　酒

一条大河挡住了去路，波涛汹涌，茫茫无边。河上没有桥，也没有船，怎么办？找一个借口退回去，还是逞血气之勇强行泅渡？

想退缩总能找到借口，但那等于承认失败，甘当懦夫。

可是硬着头皮跳进湍急的河流，就有被淹死的危险。宝贵的生命只有一次，不能跟自己开这样的玩笑。

我认为，这两种做法都是不明智的。

没桥就该沿河走。走上几天几夜，抑或更长时间，前面总会有桥可过的，只不过多绕些弯路，延长到达彼岸的时间而已。也许顺河走不了多远，就能唤来摆渡人，即便没船，也许能遇到当地的樵夫渔民，只要虚心请教，他们自然乐意指点迷津，道出过河良策。退一万步讲，即使一个人也遇不到，也许你会急中生智，找些残竹断木，用结实的藤条扎只木筏，撑篙顺流而下，虽然有点儿冒险，毕竟已经有一半的成功机遇握在你的手中了。

让我们看看那些成功者是怎么做的吧。

京剧四大名旦之一的尚小云，开始时专攻武生，在一次演出中不幸折断肋骨，再不能从事武生生涯了。但他没有退缩，也没有跟身体过不去硬操旧行，而是没桥顺河走，出院后改唱旦角。功夫不负有心人，后来他独创尚派艺术，名噪京华。

二战后日本 经济奇迹, 的创造者之一本田宗一郎，从 20 世纪 30 年代就开始惨淡经营，最初由于产品简单屡遭日本工厂拒绝。第二次世界大战后，他从无谓的忙碌中彻底脱身，采取没桥顺河走的办法，给了自己一个假期，到日本各地旅游。当目睹国家危难和同胞遭受的种种困难，特别是铁路网瘫痪和汽车生产停顿造成的出门难时，本田灵机一动，一个方便出行的好方法应运而生，那就是：给普通自行车装上一个从废弃物中得来的小马达。1946 年，本田在他面积不超过二十四平方米的住地建立了以自己名字命名的制造机动自行车的公司，后来发展成日本最大的摩托车生产基地。本田的名字在日本也成了一个神话。

我的一位朋友，他深深地爱上了一位女孩子。正当他准备向她表白心迹时，意外地得知女孩已心有所属。朋友虽然内心痛苦，却没有放任自己的感情，陷入是非旋涡；也没有黯然退缩，而是及早转移感情，把爱的玫瑰送到女孩的朋友——另一位优秀女孩的手上。我这位朋友没桥顺河走的结果是寻到了一位称心如意的太太。

没桥顺河走，没桥就是面临的困难，顺河走就是换一种方式冲破艰难险阻，继续前行。

没桥顺河走，需要的是恒心与忍耐，只有不被"山重水复疑无路"遮住眼睛，才能出人意料地"柳暗花明又一村"。

没桥顺河走，代表人生的一种处世态度，不当退缩的懦夫，不做冒险的莽汉，耐心寻找机遇和出路，就一定能够到达成功的彼岸！

钓一条鱼与钓一千种鱼

文/卧　庐

　　沃兹尼亚克从小就喜欢随父亲去河边钓鱼。5岁那年，小沃兹在父亲的帮助下钓上来平生第一条鱼。从此，他迷恋上了钓鱼，开始用心地学习如何配饵料，怎样选钓位等，一有闲暇时间，他就会拿上钓竿去河边垂钓。

　　长大以后，沃兹成了某公司的软件工程师。工作之余，去河边垂钓依然是他最大的乐趣。沃兹的钓技远近闻名，他自己也常常引以为傲。争强好胜的沃兹，经常跟别人比试着钓鱼。当然，最后的赢家非他莫属。最让沃兹自豪的是，到35岁时，他已经捕获了将近一百五十条不同种类的鱼。这天，当他又向一位朋友吹嘘时，没想到朋友不屑地说，一百五十种鱼？那又怎么样？沃兹的倔脾气上来了，一句豪言壮语冲口而出——你相不相信我能钓到一千种鱼？

　　一千种鱼？朋友惊讶得瞪大了眼睛，心想这家伙肯定是疯了，一千种鱼呀，绝非像钓一千条鱼那么简单。钓鱼这项娱乐活动，除了要苦练钓技、舍得花钱之外，还需要你舍得耗费大量的时间和精力。即便这些都没有问题，也还千万不能忽略了另一个关键：整个美国境内，又能有多少种鱼类呢？你能保证这些鱼类恰好都被钓到吗？每一种鱼分布的水域也不相同，要想钓到一千种鱼类，谈何容易！

沃兹却不这么认为。他对钓鱼简直到了痴迷的地步。从事自己最喜欢的事情，这恰是他的兴趣所在啊，怎能办不到呢？世界上鱼的种类超过了三万一千四百种呢，区区一千种鱼似乎不在话下。为了履行诺言，沃兹接下来开始了自己特殊的钓鱼之旅。在此后的岁月里，他一共花掉了五万英镑，耗费两万个小时，跑遍了六十三个国家，足迹遍及除了南极洲之外的各大洲。2006年，沃兹还请假一年专心钓鱼，那年他钓到一百八十种鱼，使其捕获的类别达到六百七十六种。接下来的三年里，他每年都抓获一百多种鱼。最终，他在挪威一个海湾钓到了他的第一千种鱼————一条九百克重的黑鳕，创下了钓鱼的一项极限纪录。这一年，沃兹已经47岁，为实现当初的目标，他奋斗了十多个寒暑。

沃兹细数自己钓到的鱼类，有小如手指的淡水鲦鱼和大至四百零八千克重的鲨鱼。光鲨鱼，他就捕获了有三十三种之多，四种不同的食人鱼，一种致命的狮子鱼和十四种不同的河豚鱼。其间最危险的几次经历是，他曾抓获了三米长的杀人灰鲭鲨和世界上最毒的鱼————澳大利亚石鱼。沃兹的钓鱼经历绝非一帆风顺，在整个过程中，他曾四次严重受伤：在夏威夷，他踩到一条火鸡鱼背部的刺，差点晕厥；他的左手拇指曾被一条白斑角鲨紧紧咬住，险些丢命；在墨西哥，他曾与一条五十多千克重的金枪鱼战斗了五个多小时，双手流血不止；在德国，他钓鲑鱼时鱼钩不小心刺入中指，顿时疼痛难忍……为了捕到这种最难钓的大西洋鲑鱼，他花了两年时间、四千英镑才在苏格兰如愿以偿。对于抓到的鱼，沃兹尼亚克都要拍下照片以存纪念，然后会把其中的百分之九十都放生。假如沃兹将钓到的每一种鱼都高价出售的话，一定进账不菲。但是他没有这么做，因为，他更看重钓鱼的过程。目前，沃兹尼亚克已经打破了十二个国际钓鱼比赛协会的纪录，他想暂时"收竿"，整理出版所有的钓鱼经历，将自己一生的"收获与财富"与别人共享。

如果说钓一条鱼，是在捕捞生活乐趣的话，那么钓一千种鱼，则是在捕获一个人生理想。这就是钓一条鱼与钓一千种鱼的区别。自从跟朋友打赌钓一千种鱼之后，沃兹突然感到自己有了人生目标和奔头儿，有了生活着的意义——能够专心、执著地做一件事，并将它做到不同凡响，也是一种不错的追求。而当历经千难万险终于如愿以偿时，那种成就感与满足感所带来的幸福，令他无比陶醉。沃兹觉得自己是个非常了不起的人。

对于沃兹来说，垂钓的诱惑已经渗透到他全身的每一个细胞、每一根神经，甚至成为他生命的全部意义所在。如今，沃兹重新定位了自己的理想高度，他希望有一天自己能钓上来两千种鱼。他更有理由相信，钓两千种鱼与钓一千种鱼的乐趣也会有很大不同……

走投无路时，向上走

文 / 卧 庐

　　小文医学院毕业后，开始为找工作犯愁。他将一份份精心制作的简历递出去，却都石沉大海。他又参加了专门针对医学毕业生的专场招聘会，本以为不会像综合招聘会那样有很多人，没想到在招聘现场，他发现自己变成了人海中的"一滴水"。看到竞争如此残酷，他逐渐放低了就业目标，决定哪怕去县医院也可以考虑。然而只招两名毕业生的某县医院，已有不少研究生在排队等待面试。小文又想回老家工作，但老家的乡镇医院也不好进，虽然动用了亲戚朋友的力量，至今仍无结果。为此他非常苦恼，找到我诉苦："哥，我真的是走投无路了。"

　　我知道仅仅安慰他是没有用的。思忖片刻之后，我说："给你讲个故事吧。"

　　有个女演员，从上海戏剧学院毕业后，也面临着找工作的压力。由于没有家世背景，没有熟人举荐，结果四处碰壁，没有任何单位肯接收她。这天，当教师的父亲陪着她在北京的街头转悠，又去应聘了几家艺术单位，均遭拒绝。一种悲凉的情绪同时萦绕在父女俩的心头，他们真的感觉到什么叫走投无路了。

这时候，父女俩恰好转悠到了"北京人艺"的大门口。她一眼望见"北京人艺"的招牌，就想，这里我还没试过，何不进去试试看呢？稍微有点儿顾虑的人都会想，北京人艺是什么地方呀！那可是国家级的艺术殿堂，几十年来凭其严谨精湛的舞台艺术和情醇意浓的演出风格，在中国话剧史上创造了许许多多的辉煌，堪称"中国话剧的典范"，在国内外享有盛誉。你不想想，一个连二三流艺术院校都不录用的人，也敢幻想踏进北京人艺的门槛吗？但她偏没有顾忌到这些，径直大大咧咧地闯进了人艺的院长办公室，先将自己的简历和学校老师的评语交到院长手上，然后就滔滔不绝地向院长介绍自己。这种初生牛犊不怕虎的愣劲儿，使院长一下就对她刮目相看了。两天后，他们为她一个人安排了由几位人艺领导及著名艺术家任考官的面试。起初无论她唱歌或是跳舞，各位评委老师都热烈鼓掌，以示嘉许。但在最后一关，在五分钟内现场表演一个小品，她觉得自己没有发挥好，起码不如自己想象中的好，表演完了，评委老师让她回去等通知。她暗想，完了，这回肯定又没戏了，就沮丧地说："老师，我就不请你们吃饭了，因为要请也只请得起面条。"评委老师们说："不用不用，你走吧。"

　　回到租住的小旅馆里，看到父亲满怀渴望的眼神，她像虚脱了似的摇着头说，不行，可能还是不行。父亲当时没说什么，却看得出他眼底的失望，父女俩连吃饭的心情都没有了。谁知下午五点钟时，她突然接到了一个电话，是北京人艺的老师打来的："来吧，你被录取了。"父女二人当时竟不敢相信这是真的，激动得一齐落了泪。她，就是凭借电视连续剧《当家的女人》中的出色表演，荣获第二十四届全国电视剧"飞天奖"的王茜华！当初，曾为找一份工作四处碰壁的她，最后竟误打误撞地进了北京人艺！

　　我问小文，你说，她为什么能应聘成功呢？小文若有所悟地说，她是个有胆量有气魄的人，敢于独闯人艺推销自己，所以才在艺术的最高殿堂赢得了一席之地。我赞许地点点头：她先前积累的多次应聘经验，在北京人艺这一关全部用上了，所以她当时的表现是最好的状态。另外，当别人走投无路时，是越来越向下走；而她却选择了向上，结果她成功了！

　　小文激动得一把握住了我的手，说："哥，我知道该怎么做了。谢谢你！"

　　果然不久，就传来了好消息：小文有幸被省会一家最知名的医院录取了！在他发来的感谢短信里，有这样一句话："当你走投无路的时候，千万别气馁，因为你还有一条出路：向上走！"

洞　悉

文 / 朱国勇

　　约旦是一个沙漠国家，资源相对短缺。为了缓解国内供电压力，2008年，约旦决定建造首个国家核电站，并向全球二十多个国家和公司发出了招标倡议书。

　　几个月后，约旦原子能委员会收到了三十多份投标计划书。经过仔细的审查、比较与分析，最后有五家公司入围，分别是一家美国公司、一家中国公司、一家比利时公司和两家日本公司。这五家公司，工程设计大同小异，报价也十分接近，都在35亿美元左右。看来，无论哪家公司想要脱颖而出，都不是件容易的事。

　　为了给自己增加胜算，各家公司纷纷推出新的举措。首先做出反应的是美国公司，它聘请了两位诺贝尔物理学奖获得者担任工程总顾问。紧接着，日本两家公司握手言和，合两家之长共同拟订了一份新的投标计划书，以一个集团的名义参加招标。中国公司也不甘人后，向约旦派出了一个大型"公关"团，团长与副团长都是约旦原子能委员会主席图坎在海外留学时的同班同学。

　　只有比利时公司不动声色，他们只与约旦原子能委员会进行了几次例行谈判。据说谈判中，比利时公司把报价又提高了五六千万美元。中国、美国、日本公司知道后，都觉得不可思议，都说这消息可能是误传。

两个月后，中国公司首先被淘汰出局。

约旦原子能委员会主席图坎抱歉地对他的两位团长同学说："这两个月来，别的公司都在为工程合作问题不断做出新的努力，只有你们，除了给我们送礼，请我们吃饭，什么实质性的工作都没做。"

接着被淘汰的是美国公司。

约旦方称，核电站建设已经不是尖端技术，诺贝尔物理学奖获得者又能起多大作用？

我们不要华而不实的东西。

日本公司是最得意的，他们踌躇满志胜券在握，有的人已经开始筹划举办庆功酒会了。

然而，最后中标的企业居然是比利时公司。

2009年9月12日，约旦正式与这家比利时公司签约。更让日本公司大跌眼镜的是，比利时公司的总报价居然高达35.5亿美元，比日本公司的报价高了六七千万美元。

有人不禁要问：比利时公司凭什么会中标呢？

比利时公司是这样解释的：核电站将会建在沙漠里，不会占用约旦本已有限的土地资源。这多出的六七千万美元主要用于核电站周围的绿化建设，包括移植大批高大的金松与红杉，建一条通往亚喀巴的绿色长廊，栽种一批耐旱而名贵的花草等。另外，我们还会免费从比利时运十船左右的湖底淤泥到约旦，用作植物生长的基肥。建成后的核电站将是一座姹紫嫣红、鸟语花香的花园。

原来，约旦是一个沙漠国家，五分之四国土都是沙漠。因此，约旦人对绿化与环保有着异常强烈的愿望。比利时公司的成功，来源于他们对人性的洞悉。

约旦人是这样说的：他们考虑得如此周详，我们有理由相信他们能做得更好！

看来，在越来越激烈的国际竞争中，有时，比的不仅仅是技术与管理，对人文人性的了解，同样十分重要。

高贵的生命不卑微

文／朱国勇

他是黑人，1963年2月17日出生于纽约布鲁克林贫民区。他有两个哥哥，一个姐姐，一个妹妹，父亲微薄的工资根本无法维持家用。他从小就在贫穷与歧视中度过。对于未来，他看不到什么希望。没事的时候，他便蹲在低矮的屋檐下，默默地看着远山的夕阳，沉默而沮丧。

13岁的那一年，有一天，父亲突然递给他一件旧衣服："这件衣服能值多少钱？""大概一美元。"他回答。"你能将它卖到两美元吗？"父亲用探询的目光看着他。"傻子才会买！"他赌着气说。

父亲的目光真诚又透着渴求："你为什么不试一试呢？你知道的，家里日子并不好过，要是你卖掉了，也算帮了我和你的妈妈。"

他这才点了点头："我可以试一试，但是不一定能卖掉。"

他很小心地把衣服洗干净，没有熨斗，他就用刷子把衣服刷平，铺在一块平板上阴干。第二天，他带着这件衣服来到一个人流密集的地铁站，经过六个多小时的叫卖，他终于卖出了这件衣服。

他紧紧攥着两美元，一路奔回了家。以后，每天他都热衷于从垃圾堆里淘出旧衣服，打理好后，去闹市里卖。

如此过了十多天，父亲突然又递给他一件旧衣服："你想想，这件衣服怎样才能卖到二十美元？"

　　"怎么可能？这么一件旧衣服怎么能卖到二十美元，它至多只值两美元。"

　　"你为什么不试一试呢？"父亲启发他，"好好想想，总会有办法的。"

　　终于，他想到了一个好办法。他请自己学画画的表哥在衣服上画了一只可爱的唐老鸭与一只顽皮的米老鼠。他选择在一个贵族子弟学校的门口叫卖。不一会儿，一个开车接少爷放学的管家为他的小少爷买下了这件衣服。那个十来岁的孩子十分喜爱衣服上的图案，一高兴，又给了他五美元的小费。二十五美元，这无疑是一笔巨款！相当于他父亲一月的工资。

　　回到家后，父亲又递给他一件旧衣服："你能把它卖到两百美元吗？"父亲目光深邃，像一口老井幽幽地闪着光。

　　这一回，他没有犹疑，沉静地接过了衣服，开始了思索。

　　两个月后，机会终于来了。当红电影《霹雳娇娃》的女主演拉佛西来到了纽约宣传。记者招待会结束后，他猛地推开身边的保安，扑到了拉佛西身边，举着旧衣服请她签个名。拉佛西先是一愣，但是马上就笑了。我想，没有人会拒绝一个纯真的孩子。

　　拉佛西流畅地签完名。他笑了，黝黑的面庞，洁白的牙齿："拉佛西女士，我能把这件衣服卖掉吗？""当然，这是你的衣服，怎么处理完全是你的自由！"

　　他"哈"的一声欢呼起来："拉佛西小姐亲笔签名的运动衫，售价两百美元！"

　　通过现场竞价，一名石油商人以一千两百美元的高价收购了这件运动衫。

　　回到家里，他和父亲，还有一大家人陷入了狂欢。父亲感动得老泪纵横，不断地亲吻着他的额头："我原本打算，你要是卖不掉，我就派人买下这件衣服。没想到你真的做到了！你真棒！我的孩子，你真的很棒……"

一轮明月升上山头，透过窗户柔柔地洒了一地。这个晚上，父亲与他抵足而眠。

父亲问："孩子，从卖这三件衣服中，你明白了什么吗？"

"我明白了，您是在启发我，"他感动地说，"只要开动脑筋，办法总是会有的。"

父亲点了点头，又摇了摇头："你说得不错，但这不是我的初衷。"

"我只是想告诉你，一个只值一美元的旧衣服，都有办法高贵起来。何况我们这些活生生的人呢？我们有什么理由对生活丧失信心呢？我们只不过黑一点儿穷一点儿，可这又有什么关系？"

就在这一刹那间，他的心中，有一轮灿烂的太阳升了起来，照亮了他的全身和眼前的世界。"连一件旧衣服都有办法高贵，我还有什么理由妄自菲薄呢！"

从此，他开始努力地学习，严格地锻炼，时刻对未来充满着希望！二十年后，他的名字传遍了世界的每一个角落。他的名字叫——迈克尔·乔丹！

假如你有两块面包

文 / 朱国勇

1950 年，美国哥伦比亚大学商学院一年一度的入学考试正在紧张有序地进行着。忽然，有一道题吸引了所有考生的眼球。

这道题是这样的：假如你有两块面包，你会怎么做？

商学院教授本杰明·格雷厄姆参加了这次阅卷。同学们的答案可谓是五花八门。有的说，我会留一块作为晚餐。本杰明批注道：你很节俭。有的说，我会送一块给乞丐。本杰明批注道：你很善良。还有的干脆就说"统统吃掉"。本杰明看了莞尔一笑，批注道：你真可爱，我的孩子。

忽然，一个学生的答案磁铁一般吸引了本杰明·格雷厄姆的目光。这位学生用很工整的澄蓝墨水写道：假如我有两块面包，我会用其中一块去换一朵水仙花。

看着这个答案，本杰明的内心无比舒展开来，仿佛有一片蓝天白云在心中冉冉升起。他觉得有太多的话要跟这位学生说，定了定神，他在卷末写了这样几行文字：世人都知道面包的好，却不知道一朵水仙花的妙。一朵风中摇曳的水仙，能让疲惫的心灵舒展，能让忙碌的脚步从容，能让空洞的目光领略到美的震颤……我可爱的孩子，你小小的年纪已经领略到人生的真谛，不为物质所累，堪成大器。

本杰明牢牢地记住了这位学生的名字——沃伦·巴菲特。这一年，沃伦·巴菲特刚好20岁。

本杰明·格雷厄姆是全美最著名的投资学理论专家。在格雷厄姆门下，巴菲特如鱼得水。格雷厄姆反对投机，主张通过分析企业的赢利情况、资产情况及未来前景等因素来评价股票。他传授给巴菲特丰富的知识和诀窍。两人在紧张的学习之余，建立起深厚的情谊。

1957年，巴菲特同几个合伙人筹集了三十万美元的资金，正式跨入股市。他的稳健投资学理念立即得到了最大程度的发挥。三十万元的资金滚雪球般越滚越大，到2005年，沃伦·巴菲特的个人资产已达四百四十亿美元，名列世界第二，仅次于世界首富比尔·盖茨。

2006年6月25日，巴菲特宣布，他将捐出总价达三百多亿美元的私人财富，投向慈善事业。这笔巨额善款将分别进入比尔·盖茨创立的慈善基金会以及巴菲特家族的基金会。巴菲特捐出的三百多亿美元是美国迄今为止出现的最大一笔私人慈善捐赠。这也为巴菲特在全球范围内赢得了崇高的声誉。巴菲特用自己的行动践行了自己的诺言：假如我有两块面包，我会用一块去换一朵水仙花。

2008年，巴菲特的个人资产达到了六百二十亿美元，一举超越比尔·盖茨，成为新的世界首富。

眼中有"水仙"摇曳的人，才能真正成为金钱的主人；而眼里只盯着"面包"的人，则多半眼神暴戾心灵疲惫。

在这个物欲滚滚的碌碌红尘，愿我们每个人心中都鲜活着一朵摇曳生芳的水仙。

虎 战

文/国 勇

　　一座山林里，生活着一对老虎，这里山高林密，食物充足，它们每天只需用很少的时间去捕猎食物，然后就相互偎依嬉戏，生活过得无忧无虑。

　　可是，有一天，这种安宁美好的生活被打破了。因为，从山外来了另一对老虎。这本就是一座小山，一对老虎生活，食物还略有节余。自从有了两对老虎，食物就明显不足了。常常，这两对老虎都吃不饱。为了争夺食物和地盘，这两对老虎展开了激烈的搏斗。争斗了一场又一场，两对老虎都弄得遍体鳞伤，可依然，谁也战胜不了谁。

　　就这样，持续了好一段时间。由于过度捕猎，猎物越来越少，老虎们更加饥饿。并且，休息时，都不敢睡得太实，怕遭到对方袭击。吃不饱又睡不好，再加上不时来一场恶斗，这些百兽之王，完全失去了昔日的风采，疲惫不堪。它们的日子越来越艰难。

　　终于，有一天早上，这一对老虎醒来时，发现另一对老虎不见了。巡视一圈，还没有发现对方的踪迹，看来另一对老虎已经迁走了。它们高兴极了！经过一段时间的休养生息，森林里又恢复了以前的模样，这对老虎又过上了以前那种无忧无虑的美好生活。

多年后，这对老虎有了一只可爱的虎儿子。一次，谈起这段往事时，虎儿子一脸崇敬地问虎爸爸："爸爸，你是用什么方法打败对方的？"虎爸爸沉凝了一下说："我们没有打败对方，说实话，我根本打败不了对方。是对方自己打败了自己，因为，对方选择了放弃。我做的，只是坚持，再坚持，直到对方放弃。"虎儿子认真地听着，点了点头，若有所悟。

职场上，生活中，尤其是当一个有限的空间挤入众多竞争对手时，不仅是比实力，更是比耐力。我们难过，对手不见得就好过。我们要做的就是坚持，比对手更能坚持。对手一放弃，我们就能把对手的人脉、市场全盘接手过来。

对手放弃之日，便是我们成功之时。

别让理想毁了人生

文／国　勇

这是一片广袤的田野，土地肥沃，水草丰美。为了灌溉庄稼，农人们在这里挖了两条河，一条小点儿，一条大点儿。这条大的，我们姑且叫它大河吧。

刚开始，小河和大河都勤勤恳恳地灌溉，两岸庄稼年年丰收。可是有一天，大河忽然有了个想法，它要去看看海。这个想法一生出来，就再也按捺不住。我是大河，怎么能和那条小河一样，老死在这寂寞的乡野呢？大河鼓起浑身的力量，一浪一浪地冲向远方。要承认，大河是坚韧的，它克服重重困难，冲破了许许多多的田埂与山峰，它离它的目标越来越近。回头再看小河时，不由生出一分悲悯之心：唉，小河也太没有追求了。

可惜的是，终于有一天，大河一头扎进了沙漠，它的那点儿水分很快就蒸发了。大河喊出一声"出师未捷身先死，长使英雄泪满襟"就再也不见了。

没有了水，没几年，大河就堵塞了，再过几年，河道被填平了。

而那条小河，依旧勤勤恳恳地灌溉庄稼，为两岸农人的丰收立下了汗马功劳。为了获得更多的水源来灌溉，人们把小河的河道拓宽了，比以前的大河还要宽。小河成天热热闹闹，有浣衣洗菜的农女，有洗澡嬉戏的孩童，有泛舟垂钓的游客……莲叶田田，碧波荡漾，水阔鱼肥。

又经过了几代人的传承繁衍，小河被当地人称做"母亲河"。而当初的那条大河，早已寻不到半点儿踪影了。

大河定下的目标太过远大，它忘了自己不过是一条乡野的内陆河。由此可见，小范围的强者当久了，更易让人狂妄无知，看不清自己。所以说，追求要适度。

小河的成功告诉我们，立足本职，实现所在集体的价值，才能最终实现个体的价值。比如你让公司业绩提高了，壮大发展了，你的价值也就显现出来了。而撇开集体的价值，一味追求个人的成功，往往是徒劳的。

"你行"和"你不行"

文 / 马敬福

在美国密歇根州休伦港北郊的格拉蒂奥特堡，有一所不起眼的小学。在这所小学里，有一个脾气急躁的教师。他不允许学生对他说"听不懂"、"不明白"，否则就会被他骂做"低能儿"。

一个听力很差的小男孩因为听不清讲课的内容，经常向他提一些问题。教师非常反感，认为小男孩提的问题古怪透顶，便经常以"低能儿"作为回答。小男孩对学习越来越失去信心，终于被以"能力低下，无药可救"为名轰出了学校。

小男孩回到家里，发誓以后不再读书。母亲问他为什么，他哭着说："老师说我不行。"母亲抱住他，抚摸着他的头，说："老师说得不对，你行的，你是妈妈的孩子，妈妈最了解，以后由妈妈来教你。"

小男孩的妈妈给他当起了家庭教师，每当他厌倦读书时，妈妈便会抚摸着他的头说："读书不是什么难事，妈妈相信你，你行的。"妈妈的话就像是兴奋剂，一次又一次帮助小男孩战胜了懒惰和畏惧。结果，奇迹发生了。小男孩由不爱读书变成了读书儿，而且目览十行，过目成诵。8岁时，小男孩就读完了大学所读的学业。11岁时，他便开始搞发明创造了，每次实验失败，妈妈总在身边说："孩子，你行，继续努力。"小男孩看着妈妈充满希望的目光，坚信自己真的能行。12岁时，小男孩开始自立，他用超乎常人的毅力面对生活，用独特的视角审视事物，最终成为一名伟大的发明家。他就是发明留声机、电灯、电话、电报、电影等，为人类社会进步作出杰出贡献的托马斯·阿尔瓦·爱迪生。

多年以后，爱迪生的事迹传到了格拉蒂奥特堡那位教师的耳朵里，他惭愧地说："看来，我低估了那个孩子的能力，如果没有他妈妈，这个孩子恐怕真的会成为低能儿了。"

是的，爱迪生自幼听力低下，后来又因故成了彻底的聋子。这样一个有生理缺陷的人，如果没有人真诚地鼓励，怎会成为一个伟大的发明家、科学家？

鼓励是一剂良药，一句"你行"，便催生了奋斗的希望。打击是一枚毒果，一句"你不行"，就毁灭了拼搏的激情。天才不是老天造就的，是"1%的灵感"和"99%的汗水"合成的。而鼓励就是合成天才的催化剂，对逆境中的人说声"你行"，那个人便有了前进的动力。

想让自己的孩子成才吗？想，就对他说："你行！"

商机思维

文 / 马敬福

　　坐在家里，经常听到楼下的叫卖声，有些叫卖声还很有特点，值得研究。比如有个擦抽油烟机的，他的吆喝声就是一大串："擦抽油烟机，烟机以旧换新，修理燃气灶，燃气灶以旧换新，方便面批发价呀！"前面的吆喝都与灶具有关，而最后一句却改成了卖方便面。

　　我觉得新鲜，曾找这位擦抽油烟机的师傅闲聊，他说，只要有抽油烟机，必定有燃气灶，只要有人擦抽油烟机，就会有人想把旧的换成新的，修理燃气灶也是一理，而卖方便面呢，也和油烟机、燃气灶有关系，如果一时擦不完、修不好，主人又急着去上班，就得泡碗方便面。这位师傅说得很有道理，事实也和他说的一样，他的买卖挺火。

　　还有一个磨剪子抢菜刀的，跟加工肉丝肉片一块儿干；卖卫生纸的跟通下水道、清理便池一块儿干，还外带卖洁面乳、剃须刀。许许多多的买卖人，都把看似风马牛不相及的行当放到一起经营，看似不太合理，事实上却相当科学。这就叫"商机思维"，利用一切机会抢抓商机，赢取最大经济利益。

　　超市里的货物摆放，常常运用"商机思维"。外国的一些超市把啤酒和尿不湿摆在一起，其思维过程是，男人买啤酒时会想到自己的孩子，从而顺手买包尿不湿。

我们在生活中也应该运用商机思维，通过商机思维抢抓机遇，从而改变自己的命运。有位求职者应聘销售经理时，带着一兜矿泉水，在填写简历时，顺便把矿泉水推销给招聘人员。结果，这位求职者被一家大公司录用。而录用的理由是，这位求职者善于抢抓商机，招聘人员在那里一坐半天，最需要水。

运用商机思维，可以拓宽我们的思路，让我们看到生活中的每一个细节，让我们联想到事物与事物之间非必然的联系，而在这种非必然的联系中，我们就能找到机遇，找到发展自己的空间。

大多求职者面试时被婉言拒录后都会心灰意冷，而有一位求职者却在自己被刷下后，推荐了自己一个德才兼备的朋友。那位朋友被录用了，他则到另一家公司工作。后来，他和他的朋友成了很好的合作伙伴，互惠互利。

商机思维，能让你由冷漠变得热情，能让你由自闭变得豁达，让你把整个世界都看成是自己的空间，让你把时时处处都看成是机遇。发展无处不在，一切皆有可能，这就是商机思维的生活理念。

人生只要一点点

其实人生就是这样，不需很多，只要一点点就够了。关键是这一点点能够恰到好处地发挥它的价值，能够打动人感染人，有此，便能在历史的长河中掀起美丽的浪花。

毕福剑面试

文/薛　峰

因主持中央电视台《星光大道》栏目而闻名的主持人毕福剑，最近在接受记者采访时，向观众自曝了一段鲜为人知的经历：

上世纪 80 年代初，毕福剑从部队退伍到地方后，曾有一段时间在家待业。一天，他在街头看到北京广播学院导演系招生的广告，便抱着"玩一把"的心态花四元钱报了名。

北京广播学院在青岛设了一个考场，由于报考的人太多，考官决定每六人为一组进行小品表演。考官给毕福剑六人小组的小品题目是《公共汽车站》，要求在五分钟之内设计构思，三分钟表演完毕。六人中有一个小伙子挺身而出，看上去很是精明，他主动做了临时头目，组织牵头落实了剧情，并给其他人分配角色：你演司机，他演售票员，张三演逃票者，李四演劝架者……不知是有意还是无意，小头目偏偏没有给毕福剑分配角色，也许是忌讳毕福剑的实力：正值青春的毕福剑人高马大，仪表堂堂，可能小伙子把他当成了强劲的竞争对手了，故意把他凉在一边。

六人表演小品的场面很热闹：车到站，一逃票青年要下车，被售票员死死拉住，并告知司机不要开车门，以防逃票者逃跑；逃票者极力辩解，售票员得理不让人，说对方是狡辩，双方僵持不下；劝架者说："不就是一毛钱吗，年纪轻轻的不嫌丢人"……毕福剑只是在一旁看热闹。

三分钟的表演时间转眼即逝，考官看其他五个人表现得很逼真，却不知道毕福剑演什么角色，便询问毕福剑："你在小品中演什么角色？"

毕福剑回答说："我演的是观众。有司机、有售票员、有逃票的，没观众可不行。"

回过神来的考官毫不犹豫地给了毕福剑全场最高分，说毕福剑的这个观众不落俗套、很有特色；与其他选手争演主角相比，更彰显大气……就这样，毕福剑从近千名报考者中脱颖而出，被北京广播学院导演系录取，成了青岛考场唯一的幸运儿。

时下求职竞争激烈，很多人都满怀热情，希望全方面展示自己，给考官留下一个完美印象；也有人处心积虑，求新求异，企图吸引别人的眼球；还有人在面试中不放过任何一个细节，觉得这是考官设置的一个"局"，以此考查求职的认真；更有人时时蠢蠢欲动，希望唱主角，让大家都围着自己转。可是，事实上，角色并不重要，关键看你如何发挥，看你有什么样的理念和心态，是否能展现你的价值。甘当配角的毕福剑在激烈的面试中，没有演主角，甚至连一句话也没说，当有人暗中排挤他时，他也不辩解，只是把自己旁观者的角色演好，最终，他成为胜利者。

这说明了什么呢？把心态放平，无论在哪个位置，都能出色地完成自己的角色，这是给那些渴望在求职大战中胜出的人最好的启示。

董卿：敢于主持自己的人生

文 / 薛　峰

从主持中国青年歌手大奖赛的机智，到央视春晚舞台上的黑马气质，从每年都要主持一百多场晚会的繁忙，到获得"金话筒"奖的荣耀，在中央电视台人才济济的主持人里，非广院毕业非播音专业的董卿，可谓是央视当之无愧的"一姐"。个中原因，我觉得这不仅仅有她的漂亮、文化、知性和魅力，更在于她的果敢和气魄。

董卿童年是在外婆身边长大的，父母都是复旦大学的高才生，对董卿的希望，就是她能好好念书，考一个大学，找份稳定的工作，自食其力。在董卿小时候，家里人谁也没想过她能成为一名主持人，包括董卿自己。那个时候主持人还没红火，家里把电视都看成挺稀奇的。董卿说，即便到现在，父母也很难想象她成了一个央视的主持人。

但董卿是一个思想极其独立、敢说敢做、义无反顾的人，她小时候是文体爱好者，作文成绩很好，演讲、唱歌、跳舞、体育样样拿手。和大多数喜欢文艺的女孩子一样，董卿儿时的愿望是当一名演员，但是父母都不赞同董卿从事文艺工作，他们觉得还是稳定的工作好。可她不顾家里的反对，毅然进入上海戏剧学院学习。

1991年，董卿大学毕业后，分配到浙江省话剧团，但是到了团里之后并没有什么戏可拍。如果是一般人，没戏拍不也是一样吗，只要能领到工资就行了。但董卿却不这样想。

1993年，董卿毛遂自荐去了刚成立的浙江有线电视台，由于电视台处于初创阶段，当时她既要主持节目，又要自己撰稿、剪辑甚至充当制片人的角色。虽然工作很累，但充实。

1995年，上海东方电视台面向全国招聘节目主持人，董卿决定去应聘，被聘用。但刚进入东方电视台，她无比失落，也没有节目可做。直到1998年她主持《相约星期六》的节目时，其清纯的主持风格才逐渐被观众所接受。

1998年10月，上海卫视成立，董卿几乎没有犹豫就去了。谁知当时上海卫视的收视率并不高，董卿整天坐在蒙了灰尘的办公桌前，无所事事，心里烦闷。那时董卿也很少出门，甚至电视也不看，就在家读《红楼梦》、背唐宋诗词。1999年，董卿考上了华东师范大学古典文学专业研究生。

2002年，中央电视台西部频道成立，董卿决定进军央视。那时董卿在上海卫视是十分红火的主持人了，人脉关系广泛，地理环境熟悉，许多人建议她最好别离开上海："央视人才济济，落寞的人很多，你能站住脚吗？"这时的她，还是梦想和勇气占了上风，从上海走得很决绝。

2004年7月，董卿主持"第十一届全国青年歌手电视大奖赛"，连续二十天直播，职业组和非职业组共三十场，每晚直播近三小时。她每天下午四点彩排，到晚十点直播结束，换掉主持礼服又进会议中心，和老师核对次日的考题，回家已是凌晨三点，她还要打着哈欠背台词。

2005年，董卿首次踏上中央电视台春节联欢晚会的舞台，那时很多观众觉得，春晚节目越来越不受看，却惊喜地发现一位新主持人。如同三月清徐而不失绵厚的风，清纯靓丽中饱含着优雅与端庄。含蓄内敛的气质赋予了她收放自如的大气和沉稳，以及一份积淀了淡定与自信的美丽。春晚节目的成功主持，让董卿真正在央视舞台站稳了自己的位置。

2006 年、2007 年、2008 年……董卿开始活跃在中央电视台，成为春晚的一大亮点，并且以其影响力和知名度当之无愧地成为央视"一姐"。

　　纵观董卿的成功之路，从浙江到上海，从上海到北京，我们不难发现，激情、梦想和果敢是支撑她一路走来的动力。董卿说："我害怕自己不再激动，我渴望生活有所变化。人一旦觉得自己没有热情，这个时候就必须要改变自己。"正是源于这种向上的梦想，董卿一路走来了，勇敢地走来了。"前方不会像你想象的那么糟，无论是好的还是糟的，都需要坚强，需要奋进。而我宁愿再闯一次，再跌落一次，换掉预定的未来，也要燃烧激情，实现更大的梦想。"

　　这就是董卿，敢于拼搏，敢于主持自己的人生。人就应该敢想敢拼，要学会舍得，能够拿得起放得下，只有这样，才能有机会向上攀登。只有在攀登的过程中，才能享受豁然开朗、柳暗花明的惊喜，才能体验豁达的人生。

让智慧开花

文/冰 山

美国内华达州曾举行过一次"最佳中小企业经营者"选拔会，结果身材像小型推土机的胖女士南茜赢得了冠军。南茜有一家女装店，开业之初只有五千美元资本，经营一年之后，资本近十万元。

与同行相比，南茜的店并无特别，细究其因，她不过是比别人多动了一些脑筋。一般服装店都是把服装尺寸分为大（L）、中（M）、小（S）以及加大（XL）码四种，南茜却不这样，她发觉很少有胖女士跑进店中嚷"我要大码的"、"我要加大码的"。所以，在南茜的店里，尺码是用人名代替的：玛丽是小码，林恩是中码，伊丽莎白是大码，格瑞丝特是加大码。

这样一来，顾客上门，店员就不会有"这件加大号的正适合你"之说了，代之以"你穿格瑞丝特正合身呢"。在南茜的店里，店员也都是刻意挑选的，一个个都如同"小型推土机"差不多，无形中又使顾客消除了不好意思的感觉，因而顾客盈门，生意兴隆。

开店铺的人常抱怨，现在生意真难做，可南茜却充分发挥自己的智慧让顾客心甘情愿地掏腰包。走在同样的路上，有些人感觉难走，可能不是因为路窄，也不是因为险峻，而是路上多了一些沟沟坎坎。只要花一点点时间开动脑筋把小沟小坎填平，路就顺畅了。同样的服装店，同样的门面，南茜只不过换了一种说法，就取得了意想不到的效益。

人生中，有许多时候许多东西都需要改变：如果生意不理想了，只需改善一下面部肌肉运动，多一点微笑就行了；如果人际关系不好，只需对那些形同陌路的朋友多一声问候就行了；如果与父母不和，只需每天抽出一点时间，多陪他们说说话就行了……改变不难，关键是得用心。

罗丹说："独创性，不在于生造出一些谬于常理的新词，而在于巧妙地适用旧词。而能用旧词表达出新意，要有天才的灵感。"这些灵感，源于勤奋思考，要充分调动起你的思维能力，让智慧绽放光芒。日子在时间的长河中每天周而复始，如果你想要它变得不一样，要它充满光彩和芳香，就看你如何来让智慧开花了。正如同样的服装店，转变一下思想，成功就纷至沓来。

一瓶香水的传奇

文/飞 花

　　她出生在比利时布鲁塞尔一座豪华的宅邸里，她父母都是当时显赫的贵族，可她却长得矮小、丑陋，这使她从小性格就变得很文静、内向，甚至胆怯。她没有玩伴，整天只与小猫小狗在一起。她不敢照镜子，不喜欢自己的脸——眼睛太大，牙齿不整齐。不过，就这样的一只丑小鸭，却喜欢上了舞蹈，看芭蕾舞剧对她来说是一种极为美妙的享受。她成天都梦想着将来自己能当一名芭蕾舞演员！

　　9岁那年，在她的央求下，母亲把她送去学芭蕾舞，她的学习热情大大超过了其他的学生。她非常自觉地严格训练，掌握了全部基本步伐、动作和基本姿势。可正当她专心致力于舞蹈时，第二次世界大战爆发了，母亲把她带回了家。

　　不过，她是一个非常勤奋认真的学生，庄重、严谨、意志坚决，尽管在家里，一有空闲，她就跷起脚尖站立、旋转。她暗下决心，总有一天她要成为一名独舞演员，并成为舞星，让路上遇见的每个人都对她微笑，说："你真的很棒！"

　　战争结束后，她再次进入芭蕾舞学校，师从一名当时很有名气的舞蹈家。她上挑的眼角，高高的颧骨，秀气的鼻子，方方的肩头，苗条的躯干和修长的腿，虽然不是特别漂亮，但十分个性，她很快成了老师的得意弟子。经过老师的精心指导，她学到了很多东西，对芭蕾舞有了许多新鲜独到的见解。她觉得即将实现梦想了，心情十分愉快。

可就在这时候，她的家庭开始败落，经济条件一落千丈，最后母亲只好把她从学校领出来，带着十元钱的积蓄去伦敦寻找机会。

在伦敦，她们母女住在一间只放得下两张单人床的房间里，母亲在一家花店找份小工，她则找到一份在教堂值班的工作。但她不曾忘记自己的梦想，她一边业余做广告模特儿，一边关注招聘芭蕾舞演员的信息。

后来经人推荐，她参加了美国音乐剧《高扣鞋》的演出，在剧中当一名群舞演员，演得不好也不坏，反正就是包围在人群中。她不喜欢这种形式，也不喜欢这种生活，她觉得她参加的戏莫名其妙。

这种状况让她很痛苦，对于舞蹈，她从小就是魂牵梦萦的，并且为之奋斗了十几年。可以说，正是因为内心怀有舞蹈梦，她才一路勇敢地走了过来。可如今，当她真正站在舞台时，才发现，其实自己根本不属于这里。

这时，一位曾经的导师对她讲出了肺腑之言——"你不适合芭蕾舞台"。

"为什么？"她问。

"尽管你努力了，但站在芭蕾舞台上，你永远当不了主角，永远都是配角。"导师谆谆教诲。

那一刻，她终于明白，她当芭蕾舞演员的梦想破灭了。当时，她19岁，已经为芭蕾舞整整奋斗了十年。

后来，导师推荐她去演电影，把她推荐给一些导演，开始导演都没在意她，但她凭借俊秀的容貌和典雅的气质，竟然迅速蹿红起来，博得广大观众的喜欢。

1953年，因主演《罗马假日》，她获得了第二十六届奥斯卡最佳女演员奖，她把那个美丽、善良、活泼、俏皮的安娜公主演活了，成为电影人物形象的经典。她还主演过《窈窕淑女》《等到天黑》《蒂凡尼早餐》等电影巨作，又连续五次被奥斯卡提名，成为欧美影坛上一颗耀眼的明星。

没错，她就是奥黛丽·赫本，好莱坞最有名的十大影后之一，她以高雅的气质和有品位的穿着著称，被誉为"好莱坞的甜姐儿"。

世界是一个大舞台，当梦想受阻时，勇于退回，给梦想调个方向，这也是一种睿智和成功。奥黛丽·赫本原本的梦想是当芭蕾舞演员，并为此付出了大量的努力，可当在注定只能做配角的情况下，她选择回头，踏上了另一条路。而这条道路，使她走向了成功。

其实我们每个人都是这样，渴望着自己被接受和关注，幻想着自己能成为故事里的主角，可是转了一圈才发现，自己一直在原地踏步。既然如此，何不给梦想调个方向呢？尽力让自己散发出灿烂的光芒，活出自我，谱写自己的华美乐章，这亦是一种明智和超越。

人生只要一点点

文/飞 花

　　他是一个中国传统的文人，饱读诗书，博览五经，曾立志参加科考走仕途。可惜时运不济，他空有一腔抱负，获得的只是落寞。因为在他苦读十年终于中举之时，历史发生大变革，科举考试被废除了。于是，接下来的日子，失意的他整日与文人墨客一干好友饮酒作诗，抒发心中的抑郁。

　　那是一个平常的一天，当地一位有名的人物遇到喜事，宴请社会名流士绅一同庆贺。而他，也在被邀之列。

　　在宴会上，一酿酒的老板也来了，他携带了一罐倾注了他十多年心血的"杂粮酒"。席间，"杂粮酒"一开，顿时，满屋喷香，令人陶醉。众人不约一阵美誉。

　　这时唯独他沉默不语，他一边品酒，一边似在暗自思忖。

　　忽然他抬头问酒的主人："这酒叫什么名字？"

　　"老百姓称之为'杂粮酒'，以前文人雅士称之为'姚子雪曲'。"酒主人很是不解，不知他为何如此发问。

　　"为何取名'杂粮酒'？"他又问。

　　"因为它是取大米、糯米、小麦、玉米、高粱五种粮食之精华而酿造成的。"酒主人说。

"如此佳酿，名为'姚子雪曲'似嫌曲高和寡，称'杂粮酒'，实属不雅。此酒既然集五粮之精华而成玉液，何不更名为五粮液？"他胸有成竹地说。

酒主人大喜。

"好，这个名字取得好。"众人纷纷拍案叫绝。

自此一个美名——"五粮液"诞生了。经过百年的洗礼，五粮液这块金字招牌历久弥新。如今，经权威评估，五粮液的品牌价值从1995年的31.56亿元，跃升至2004年的306.82亿元，一举突破了"三百亿级"大关，2006年又升至358.26亿元，连续十二年蝉联中国食品行业第一名。五粮液当之无愧成为酒类行业的领导品牌。

而最初给"五粮液"取名的他，叫杨惠泉。

值得一提的是，杨惠泉无论如何也不会想到，他不经意的命名为中国白酒留下了浓墨重彩的一笔；他更想不到的是，他作为"五粮液"的起名人，自己的汉白玉雕像竖立在五粮液集团酒文化博览馆前，大理石碑上记载着他的生平和贡献，被后世子孙瞻仰纪念。

正像张继以一首《枫桥夜泊》名流千古、张若虚以《春江花月夜》孤篇压倒全唐、玛格丽特·米切尔以《飘》屹立于世界文坛一样，杨惠泉凭借无意中为酒起了一个名字，被人铭记。其实人生就是这样，不需很多，只要点点就够了。关键是这一点能恰到好处地发挥它的价值，能够打动人感染人，有此，便能在历史的长河中掀起美丽的浪花。

预支成功的快乐

文/芦 苇

　　她出生在一个普通的工人家庭，从小好动且淘气，看了电视剧《排球女将》就天天扑拉着自个儿的气球，练习"晴空霹雳"。望女成凤的妈妈见她如此活泼，便带她报了不少业余兴趣培训班。开始是舞蹈，可她对站姿、手位练习并不感兴趣，没几天便退了班；接着是武术，但老师说她个子太小，年龄也不够，于是再次退出；然后又是游泳，这回她倒乐意，然而受先天条件的限制——肩太靠前，她又离开了游泳池。最后，喜爱乒乓球的舅舅把她领到了一个业余体校乒乓球队。她眼前仿佛"哗"一下出现了一片新天地，她爱上了乒乓球。那年她才5岁。

　　她个头矮小，身体偏瘦，力量绝对不大，但爆发力极好，球感尤其不错。在舅舅的指导下，她把"乒乓球游戏"玩得游刃有余，从中获得了极大的快乐和成就感。舅舅虽没接受过专业训练，但他的正手动作挺规范，她的球技便都是他一手教出来的，使她有了自己的风格，右手横握球拍，两面反胶，弧圈结合快攻打法。于是，她在乒乓球中找到了自己的快乐，那些酸甜苦辣的磨炼，使她比同龄的孩子多了一份干练和内敛。

　　13岁时，她进入北京队，14岁又如愿入选国家队，从此开始了她的"乒乒生涯"。

可接下来的一系列比赛令她备受打击，17 岁她第一次参加世乒赛就闯进决赛，却在先胜两局的大好形势下被对手翻盘。为此，她伤心得四天吃不下饭。18 岁那年，在女团世乒赛决赛中，她竟然输给中国台北一名世界排名七十位以后的选手，接着又落选悉尼奥运会阵容。那段时间她感到非常压抑，场上场下都板着脸，不苟言笑。后来在一次比赛中，她又在先赢两局的情况下被对手翻盘。她当时气坏了，最后一个球故意打下网。最后，因为消极比赛，她被禁赛三个月。她怀疑自己是否真的能打好乒乓球？这场风波几乎让她萌生退意。

一次回家，舅舅问她："难道你就不能笑一笑吗？"

她一脸落寞："我笑不起来，我又没得冠军。"

舅舅告诉她："当你水平越高，越接近登顶时，就越要控制自己的欲望。仅仅 2.7 克的乒乓球，能神奇地体现运动员内心细微的波动，想征服它，心就得静。"

舅舅的这番话让她的心笃定多了，但她还是觉得胜利太少，笑不出来，以至于不苟言笑的她被媒体称做"冷面杀手"。

舅舅终于忍不住，好奇地问她："究竟什么事能让你笑呢？"

"得奥运会冠军！"她斩钉截铁地回答。

舅舅循循善诱："你为什么不能先快乐，后成功呢？先预支成功给你的快乐，就算不成功，你也先快乐了，还是赚了呀！这好比贷款买房子，虽然是借贷住进了新房，但先享受了。若要等攒足钱再买房，那要少享受多少年哪！"

舅舅深入浅出的道理让她会心地笑了……

她就是张怡宁，2004 年雅典奥运会上首夺女子双打冠军，并夺得女单冠军。2008 年北京奥运会上，她再次同队友一道夺取女子团体冠军，并成功卫冕女单冠军。她以球风硬朗，打法凶狠著称，如今已经取代王楠成为中国女子乒乓球的领军、核心人物。

　　现在的张怡宁已经相当成熟了，无论比赛胜利与否，你都会看见她嘴角微抿，轻轻一笑。有人用"接近完美"这四个字来形容她，这与当初急躁和冰冷的她判若两人。在问及原因时，她说："打比赛其实自己也没想太多，我就当做自己已经是冠军了，目标明确了，心情就放松了。这或许就是舅舅教给我的预支成功的快乐吧。"

　　"先预支成功给你的快乐，就算不成功，你也先快乐了"，这样的选择是一种睿智，这样的心态是一种朝气，这样的人生必定充满希望和乐趣。它体现出来的是一种淡定和从容，这种乐观的情绪必将带来愉悦的过程和丰硕的收获。

让奇迹成为"系列"

文／芦 苇

美国哥伦比亚电影公司是当今世界上最具影响力的电影公司之一，也是好莱坞最主要的制片厂之一，其公司片库拥有五千多部经典影片，其中包括十二部"奥斯卡最佳影片奖"得主。近年来该公司每年都要制作三十多部电影，而每部都广受好评，都很卖座，比如最近在我们国内流行的电影《蜘蛛侠》、《精灵鼠小弟》、《霹雳天使》和《功夫》等。

不过，现在很少有人知道哥伦比亚电影公司以前的落魄。那是在上世纪 60 年代初，美国电影市场很不景气，各大公司都为生存发展而忧虑忡忡，哥伦比亚电影公司也不例外，拍出的电影不受欢迎，每部都要赔钱。大家都摸不清当时观众喜欢什么样的电影，为了寻找突破口，各个公司都费尽了脑筋。另外，那时候电影也只是局限于当地发行，从没有出国的，所以即使赢利，利润也是很低。

当时，有一个传奇故事和神奇人物很流行，那就是二战期间英国的英雄特工杜安·哈德森上校，他冷酷的眼神、矫健的身姿、为国家利益出生入死、视金钱美女为过眼云烟的品格让人十分倾慕。于是，哥伦比亚公司里有人提议：是否可以以"007"这个不凡人物为原型，拍摄一部故事片在全球发行。提议一经提出，公司老板立即拍板并着手实施。

于是，有人写剧本，有人物色演员，有人建造拍摄场地……整个公司都行动起来了，一切都很顺利。半年后，影片杀青。

1962年，关于"007"的影片《诺博士》在全球同步公映。气势磅礴的画面、悬念迭起的情节、激烈火爆的打斗立即吸引了世界各地的影迷。当年即创造了近六千万美元的票房，这在当时是个惊人的奇迹。

两年后，公司又有人提议：为什么不能再拍一部"007"呢？当时公司内部不少人都反对，理由是：同样的影片再拍一部未必讨好，也未必能收回成本。而司老板坚决支持这一建议。于是第二部"007"《来自俄罗斯的爱情》重磅推出后，又一次创造了辉煌。除了激烈、格斗、悬念之外，又添加了新的"作料"。当年，该影片为公司换回了近八千万美元的票房收入。

直到这时，哥伦比亚公司才意识到："007"是个卖点，是吸引全球影迷的焦点。既然如此，为什么不能将"007"系列化呢？演员可以更换、剧本可以重编、情节可以推新。从1962年的《诺博士》到2006年的《007大战皇家赌场》共拍摄了二十余部系列影片，几乎每两年一部。从第一部六千万美元到最新一部的五亿美元，共创下了四十多亿美元的票房。可以说，"007"影片开创了电影史上的神话，即便是《哈里·波特》与之相比也略逊一筹。

就这样，哥伦比亚电影公司创造了电影史上的奇迹。

而我觉得，能把奇迹延续，使之成为"系列"，这本身就是最大的奇迹。

在现实生活中，有很多人是成功了，但他们往往满足偶然的一次成功，觉得有此便足够了。而这种目光短浅的思想，其实严重阻碍了更大的成功的到来。比如你攀登上了一座山峰，你看到了前所未有的景象，呼吸到了新鲜空气，于是你便在此安于现状了。当然，这种选择并没有错。可是，如果你继续攀登的话，你会发现前面的风景更加壮观、迷人。你才会惊觉，你刚刚到达的只不过是半山腰而已。这时你才更会知道，这就是山顶与山腰的区别。

能够创造奇迹的人当然是有能力的人，而能够把奇迹变为"系列"的人不仅有能力，更是有智慧的人。"007"是个亮点，也是个卖点，拥有它你能够获得成功。但是你是想要一次成功还是要多次成功，这就是凡人与伟人的区别。

在人生的道路上，请把握好你的成功，让你的成功成为"系列"，让奇迹成为"系列"，而你的生命，将收获一路的美景。

施伟东的"离谱"

文 / 笑意飞花

  施伟东把创业目标瞄向移动厕所，最初想得很美：城市规模急剧扩大，流动人口日渐增多，移动公厕将是城市必选。制造并出租移动厕所给个人进行收费管理，移动厕所设计为连体的小卖部或报刊亭，承租者可以自行经营，厕所内外墙还可以进行广告招商。施伟东认为，这个设想如果能实现，将是一大商机。

  然而，真正做起来相当困难，因为要建一个移动厕所，竟牵扯至少七个政府部门，任何一个负责人提出异议，厕所都可能摆不出去。并且，在一个人人捂鼻之处购物或打广告，并不为当时的人们所接受。

  施伟东到人才招聘会上，打算招几个工作人员，可所有摊位前都水泄不通，只有他的摊位前空荡荡的。"听说是做厕所的，扭头就走。"这是一个被无数人不屑的行业。

  不过，施伟东没有退缩，他要做"中国厕所第一人"，直到有订单到来。

  当时，中国城市的移动厕所都采用传统的打包技术。施伟东的设计是，将排泄物简单处理后，打入专用箱包。在恒温下放置两三个月后，即成高质量的有机肥，可出售给花农。但很快，移动厕所产生的异味遭到市民投诉，移动厕所遭到封杀。

可是在非典、禽流感后，许多人却排队拥向他的移动厕所——没有异味，干净整洁，里面没有冲水系统，它采用微生物处理技术，排泄物被微生物有效分解为二氧化碳和氮气等。这是中国新一代"无水生态厕所"。

接着，令施伟东大放光彩的时刻到了，他的独特产品引起了航天部门的注意，"神舟"五号、"神舟"六号、"神舟"七号的订单竟然接连到来。

2006年9月25日，扬州"中国青年创业周"上的一幕令人震惊：在快门声和闪光灯下，施伟东端起现场嘉宾如厕后处理过的液体，一饮而下。

如此惊人一举的背后是，施伟东刚刚研发的"原生态厕所"处于一片质疑声中。"尿液由复合微生物菌种处理，使水质达到中水标准，一部分回冲厕具，另一部分被进一步处理，达到自来水标准，进入洗手装置。"

从"打包式"到"无水式"、"循环水式"，再到"原生态式"，很多人觉得施伟东做得很"离谱"。

可就在人们的质疑中，他的公厕打入了全国三十座大城市，并成功伸到了中东和东南亚地区，企业资产已经达到了四千六百万元。并且他的移动厕所即将走向奥运会场，奥运公厕招标，他的新技术——能阻绝异味的泡沫混合液能自动膨胀上千倍进行冲洗，节水，省电。

这就是施伟东的"离谱"，他进行着"不登大雅之堂"的事业，却收获着成功！"理性地分析现实情况，果断地去做，才有可能成功。"在一次面对记者采访时，他给当下想创业的年轻人提出了建议，"现在很多年轻人大学毕业后，瞻前顾后地有很多的想法，认为这个条件没有，那个条件不成熟，导致最后流失了许多的机遇。"

只有离谱的想法，才有现实的奇迹。这或许就是施伟东带给人们的启示了。

智慧的速度

文 / 笑意飞花

　　能不能发明这样一双鞋，穿上它可以显示出走了多少步或可以测试出走的速度呢？如果真有的话，它肯定很畅销。而令人惊奇的是，英国发明家维利·约翰逊竟把它变成了现实。

　　维利·约翰逊是一个善于思考的人，之前他有许多发明，都是在不经意间抓到的。而这次，缘于一个鞋店朋友的抱怨，说现在做生意很难，产品滞销。末了朋友希望维利能发明出畅销的鞋，能够吸引人。当天晚上，维利躺在床上，一直在琢磨出奇制胜的高招。突然，他回忆起幼年的一件往事：上小学时，为了计算从家里到学校的路有多长，常常边走边数，看一共要走多少步，然后再量出一步的距离，以便算出大概的路程。这时，维利的大脑里突然冒出一个想法，为何不发明一双能够测量距离的"计步鞋"，肯定能畅销。

　　维利看准后便动手做起来，第二天跑图书馆查资料。拿出草图后到鞋店搞调查研究，征求厂家和顾客的意见。他在一双特别加工的鞋垫上装好微电脑，在鞋面上安装显示器。每走一步，有关数据便会在鞋面上显示出来。在专利局申请专利时，维利穿上样鞋当众在屋内走了一圈，显示的数据与办公室的实际周长完全吻合。后来，他又对"计步鞋"作了进一步的改进，推出了能计时量距的"测速鞋"，穿上后能显示一个人跑步的快慢。

维利发明的被誉为"魔鞋"的新产品一上市，便深受中小学生和运动员的喜爱，第一年在欧美市场便销售了十万多双。有人评价维利是"一个满脑子充满怪点子的人"。

其实我觉得，能够穿上鞋测量出步行的速度，是我们每个人在脑海里都有过的念头。比如我小的时候，也曾幻想过，如果有这样的鞋该多好。但也只是意念一闪罢了。可维利·约翰逊却把它变为了现实。就这一点，也是值得人佩服的。

所以从另一个方面说，那双"魔鞋"何止是测出了步行的速度呢，更是准确了思想的速度，智慧的速度。灵感是一个很奇妙的东西，你或许在脑海里也曾与之相遇过，但它转瞬即逝了。只有当你有一颗十分敏感细致的心并善于思考勤奋钻研时，它才能停下来为你控制。一旦你控制了它，也就昭示着你的成功和胜利。智慧的速度是因人而异的，它决定于你的态度。请给自己的思维加速，让智慧留步。

勇敢的心

文 / 于子寒

　　莫宁出生于美国弗吉尼亚州的切萨皮克，他 1992 年参加 NBA 选秀，被夏洛特黄蜂队以第一轮第二顺位的名次选中，仅次于后来的"大鲨鱼"奥尼尔。如此之高的选秀排名并没有让黄蜂队的老板失望，第一个赛季，作为新秀的莫宁就带领自己的球队在常规赛中打出了 50 胜 32 负的优秀战绩，他的场均拿到 21 分，10.3 个篮板和 3.47 个盖帽，这样全面的表现对于一个新秀来说，足以用"惊人"二字来形容。

　　莫宁在球场上最出名的莫过于他硬朗的防守，我们经常可以看到这个身高 2.08 米、体重 118 公斤的大汉飞身跃起，将对手的投篮硬生生地扇飞甚至是直接夺到自己的手中。在身体对抗激烈的 NBA 赛场上，莫宁经常凭借着自己一身铁打的筋骨与对手硬碰硬，他对着那些因为他的碰撞而倒地的球员怒目圆睁，展示自己的肌肉，以炫耀自己强健的体魄和高超的防守技术。他这些具有特点的庆祝动作让比赛充满了活力，也让观众热血沸腾。

　　每一个在 NBA 打球的男人，都抱着同一个目标——奥布莱恩杯，那是至高无上的 NBA 总冠军奖杯。莫宁当然也不例外。他的每一次拼抢，每一次争夺，每一次投篮，每一滴汗水，都是在为这个目标付出努力。一次队内训练中，莫宁在防守的过程中因为身体碰撞从空中重重地栽倒在地，他"扑通"一声摔在了硬邦邦的地板上，这让他的队友和教练都捏了一把汗。但莫宁很快就咬牙站了起来。在接下来的训练里，他的进攻变得更加果断，防守也更加积极，他的作风始终如此——流汗，流血，不流泪。

1995 年，莫宁被黄蜂队交易，他开始为迈阿密热火队效力，作为球队的当家球星，他率领球队多次打入季后赛，继续着他的铁血之旅，却始终与总冠军无缘。为了这个从未实现过的梦，莫宁一拼就是九年。或许是命运在作弄这个铁汉，或许是上帝在嫉妒他那非凡的勇猛，在职业生涯的巅峰时期，莫宁遭遇了一个职业球员最害怕面对的敌人——伤病。

不幸的事情发生在 2000 年赛季开始前，莫宁被查出患有严重的肾衰竭，医生建议莫宁立即退出高强度的 NBA 比赛并接受治疗，而莫宁的选择却是继续为球队效力。他的选择让医生头痛不已，无论他们如何劝说、斥责，莫宁就是不愿意退出篮坛。可是，随着他的病情不断恶化，他终于不得不在 2002 年缺席了整个赛季，而 2003 年的赛季开始不久后，莫宁的肾功能已无法再支持如此剧烈的运动和对抗，这迫使他宣布退役。同年的 12 月 19 日，莫宁进行了肾移植手术。手术之后，莫宁的身体素质已经大幅度下滑，所有人都认为他的职业生涯将会就此告终。

曾经嗜酒如命的莫宁开始戒酒，这是个艰难的过程，但是凭借着他的毅力，他还是做到了。有些人可能会问，对于一个切除肾的人来说，戒酒这件事难道不是理所当然的吗？话虽没错，可是恐怕没人知道真正给予莫宁最大动力去拒绝这项诱惑的其实是他对篮球炽热的爱和他那略显偏执的冠军梦。除了戒酒，莫宁开始做了一系列的恢复性的体能训练和球技训练，在休养期间，他仍像一个 NBA 球员那样生活着。他仍对他的梦朝思暮想，每一个日子里，他都会毫不例外地与篮球相伴，他在心中不断对自己说："你能行！"

终于，在 2004 年，只剩下一个肾的莫宁奇迹般地复出 NBA 球场。他的复出，震惊了整个体育界。当记者满脸不解地问他为什么要做得如此极端时，莫宁只是微笑着回答："因为我是莫宁。"

莫宁的复出令人肃然起敬，由于伤病和年龄，他的个人能力已经大不如从前，他的个人数据也比年轻的时候下跌了相当大的百分比。然而，每个观看他比赛的人都懂得，其实莫宁没有变，他依然在肌肉森林中奋力争夺每一个篮板球，依然积极地为队友做着掩护，他依然对着天空怒吼，依然向观众展示着他已经显得不再那么健硕的手臂。他在用自己有限的能力为自己的梦想去做每一件力所能及的事。

在几支球队辗转之后，莫宁终于回到了曾经的老东家迈阿密热火队。当时的莫宁也已经进入了职业生涯的末期，昔日的豪情壮志似乎就要得不到回报，但莫宁还是兢兢业业地为球队做着贡献。终于，几条英雄好汉一路拼杀，最后竟打入了 NBA 总决赛！放在莫宁面前的，正是那座象征着荣誉和尊严，让他魂牵梦绕的奥布莱恩杯！

"拼了！"赛前，队友们围在一起，口中叫着这样的口号。他们肩并着肩，手握着手，心中斗志昂扬。和战友们紧紧连在一起的铁汉也对自己说："拼了！"他那伤痕累累的身躯中，似乎充满了力量。

那一晚，莫宁的表现再一次燃起了所有人体内的热血，他单场送出 8 个盖帽，犹如门神一般坚守在自己的防守区域内，给了对手无数次迎头痛击。他每送出一个盖帽，就仰天长啸！那些和莫宁共同成长的球迷，那些在莫宁的巅峰时期还没有进入 NBA 的队友，在那一瞬间，似乎看到莫宁回到了 20 岁，重新变成了那个令人生畏的铁血战士！凭借着这样的表现，莫宁最后终于如愿以偿，他捧起了总冠军奖杯。那一刻，从不流泪的莫宁流泪了，他带着无法抑制的感动和热烈燃烧的豪情发表了长达八分钟的冠军演讲："很多人问我，为什么冒着生命危险打球？为什么要选择这样，我只能说，总冠军是我的梦想，是我进入 NBA 就有的梦想，我要在这有生之年实现这个梦想，现在我做到了，我可以选择离开了。"

——这就是莫宁传奇的职业生涯，以硬朗的球风亮相，以硬朗的意志坚守，以硬朗的态度告别。

噩梦企图击败我，但我是自由的

文／于子寒

有时候，生命中有很多事情可以成为世界末日，但每当你为自己打开一扇门，一切又会有所不同。

2008 年 8 月，北京奥运会正式开始之前，一名叫做埃里克·尚托的美国游泳运动员，在本国的奥运游泳选拔赛上，击败了前世界纪录保持者汉森，取得了男子 200 米蛙泳比赛的亚军，从而获得了参加奥运会的资格。但鲜为人知的是，在这场选拔赛前不久，尚托已经被诊断出患有睾丸癌。当时，医生带着沮丧的表情望着尚托，建议说："你最好马上手术，但是一旦手术，你将无法去中国比赛。"无疑，在第一时间接受治疗是对自己生命安全最大的保障，如果把手术推迟到奥运结束后，或许自己的生命就要面临相当大的危机。

其实，早在尚托念高中的时候，就已经夺得了"全美游泳冠军"的称号，并且，他还获得了 4.0 的 GPA 满分。而在他念大学期间，曾经 11 次获得全美冠军。还有什么比这更捉弄人的呢？这个一头金发的大男孩，有着优越的天资，他也曾为自己的游泳梦而倾尽全力，可就当他有机会在世界最高赛场上证明自己、实现梦想的时候却被查出患有癌症，这样的噩耗无异于晴天霹雳。坚持比赛，还是尽快手术？比赛？还是手术？这样的选择题一度在这个 24 岁的小伙子心里翻腾跳跃，让他久久不能平静。

"我想我要马上接受治疗，我还年轻，我才 24 岁。"

"是是是，但参加奥运一直是我梦寐以求的，而现在这个千载难逢的机会就在我眼前啊！"

"这个时候还有什么梦想可言，如果真的有不幸发生怎么办？你的生命就不重要了吗？算了吧！"

"想想你训练时付出的那些汗水，想想你为了参加比赛而做过的一切，去吧！去参加选拔，参加奥运！你还等什么？证明自己，去告诉全世界你是谁，你做了什么！"

两个声音在尚托的心里争执不休。最后，尚托睁开双眼，关闭了它们。他决定隐瞒自己的病情，去参加比赛。

在选拔赛上一鸣惊人之后，尚托就开始全力为奥运做准备。而当他的身影出现在奥运男子 200 米蛙泳赛场的时候，他惊讶地发现，看台的上万名观众都在齐声高呼一个名字，那名字不属于千里绝尘的菲尔普斯，也不属于来自日本的"蛙王"北岛康介，他们齐声高呼："尚托！尚托！"

原来，尚托虽然有意隐瞒了自己的病情，但是他的一些不寻常的细微举动，却早已引起了那些和他朝夕相处的队友的注意——因为要去医院看病而训练迟到，训练时不经意走神都显得让人怀疑。队友们得知他的病情后倍感震惊，也对尚托的决定十分钦佩。菲尔普斯说："我很激动他能和我们一起来北京，我们会互相支持，不论做什么！"而 41 岁的美国老将托雷斯，在知道消息后情不自禁地哭了起来，她说："我们要让尚托知道，我们都爱他，我们都支持他！"而现场的观众则更不用说，他们发自内心的掌声、叫好声已经快要将整个游泳馆淹没。

比赛开始前，尚托仍有一丝紧张，一丝忧虑。虽然他的实力已经十分出众，可他现在面对的，不光是来自世界各地的最优秀的游泳冠军，还有自己体内的癌症。其实，最有挑战性的对手无非是自己。他想起了妈妈对他说的：

"别让癌症吓倒你！"

发令声响起的一刹那，尚托的心中已然变得十分宁静。那一刻，他的世界是安静的，也是空荡的，他看不到任何人，也听不见任何声音，但是他感觉到了自由，感觉到了快乐，一股舒缓但是强劲的力量充斥了他整个身躯和心脏。他犹如一尾死里逃生的鱼，飞身跃起，钻入水中，就像往常一样，像他高中时一样，像他大学时一样，他在游泳，他尽情享受着包围着他的水带给他的自由和快感，他享受着游泳的美妙，他体味着冲刺时的勇猛。至于其他，早已不再重要。

比赛结束后，尚托游出的成绩并不出众，他名列第十，无缘决赛。但是观众们的呐喊声却比刚才更加热烈，更加真挚了。尚托已经赢了，他是这场比赛中最伟大的英雄。

"我已经完成了我的任务，我想参加奥运，我做到了。"尚托在接受采访时，脸上洋溢着满足的笑容，他不太在意结果如何，他为自己所做的一切感到骄傲，感到欣慰。他激动地说："我一点也不为我的决定后悔，在过去的两个月里，我决定参加奥运并且为之努力。我过来了，而且，我很快乐。"

随后，尚托回到美国接受了手术，他说："有一场更大的战斗等着我去参加，我现在可以用我所有的能量去面对这场战斗了。"

目前，尚托的癌症已经被彻底治愈，健康的他再次踏上了自己追梦的旅途，在游泳场上接受着一个又一个的挑战。他也经常回望自己在患病时所做的一切，现在想来，那就像一场顶着暴风雨的飞行，而现在，他已来到了彩虹的边缘。